AF578327

Te amaré por siempre

Una historia que robará tu corazón

Jorge Nava

TE AMARÉ POR SIEMPRE

Editado por: Corporación Ígneo, S.A.C.
para su sello editorial Ediquid
José Olaya 169, Ofic. 504, Miraflores. Lima, Perú
Primera edición, septiembre, 2024

ISBN: 978-612-5160-44-7
Tiraje: 50 ejemplares

Hecho el Depósito Legal en la Biblioteca Nacional del Perú N° 2024-08253
Se terminó de imprimir en septiembre de 2024 en:
ALEPH IMPRESIONES SRL
Jr. Risso Nro. 580 Lince, Lima

www.grupoigneo.com
Correo electrónico: contacto@grupoigneo.com | Teléfono: +51 955 071 270
Facebook: Grupo Ígneo | X: @editorialigneo | Instagram: @grupoigneo

Colección: Nuevas Voces

Contenido

Agradecimientos

A Dios por ser mi guía y fuente de inspiración en este viaje llamado vida.

A mi madre, Maguito, quien ha sido mi roca y mi mayor defensora.

A mis dos pequeños, Pingüino y Mora, como les llamo. Su inocencia y su amor incondicional iluminan mis días y dan sentido a todo lo que hago.

A mis hermanos y sobrinos, valoro cada momento y recuerdo que compartimos juntos.

A mi mejor amigo de toda la vida, José Edgar, por estar siempre presente en cada una de mis locuras.

A mi querido gato, que se la pasa haciendo desastres: gracias por la inspiración para escribir esta historia.

A todos ustedes, mi más sincero agradecimiento.

Prólogo

Antes de contar mi historia, me gustaría hacerte un par de preguntas:

¿Alguna vez has amado a alguien tanto que llega a doler? ¿Sabes lo que se siente tener que dejar ir a la persona que más amas? ¿Alguien alguna vez te ha traicionado? ¿Cuál es la locura más grande que has hecho por amor? ¿Algún día te has sentido solo?

Si respondiste sí a alguna de estas preguntas, estoy seguro de que te identificarás conmigo.

Es bien sabido que no puede haber amor sin un poco o mucho dolor y que todo lo que inicia alguna vez debe terminar.

Es cierto que te romperán el corazón y volverás a amar a alguien más, pero el primer amor siempre será especial, siempre lo recordarás y, a pesar de que te hizo sentir dolor, cuando cierres los ojos sonreirás por los buenos momentos que pasaron.

Deja que te cuente esta historia. Algunos piensan que es una historia triste, otros piensan que es una historia de amor, pero al final serás tú quien decida qué tipo de historia es.

Capítulo 1: Gerardo

Gerardo fue el nombre que me dieron mis padres al nacer. Es curioso, nadie me llama así, todos me dicen Jerry.

Considero que durante mi infancia y adolescencia fui alguien realmente feliz, conocí el amor, la decepción, la amistad, el compañerismo, entre otras emociones. Se podría decir que viví lo que me tocaba en esa etapa de la vida. Debo reconocer que nunca fui de los guapos en ningún grado escolar, podría decir que me considero más bien una cosa normal.

Después de terminar mi bachillerato, me postulé para una beca en una de las más prestigiadas universidades de la ciudad. Por fortuna me aceptaron y fue ahí que, en el primer año de la carrera, conocí a Laura, el amor de mi vida. Aunque ya había tenido dos amores de mi vida antes, algo me decía que este era el bueno.

Estaba ahí sentada en la cafetería. Era una hermosa joven de mediana estatura y delgada, con el pelo lacio, castaño y la piel clara; su cara redonda, sus ojos pequeños y muy expresivos de color azul como el mar; la nariz como de modelo de televisión y sus labios siempre sonrientes.

Los días que la observé de lejos noté que vestía con un estilo desenfadado y moderno, llevaba ropa de alegres colores y se adornaba con complementos como collares, pendientes o moños en el pelo.

Era la chica perfecta para mí: alegre, solidaria, inteligente y creativa. También compartíamos muchas cosas en común como el gusto por el cine, la lectura y los helados.

—Hola —fue la primera palabra que pude decir cuando estuve frente a ella.

—Hola —respondió.

Y así comenzó una gran historia de amor. A pesar de que teníamos amigos en común y pasábamos mucho tiempo juntos nunca nos aburríamos, siempre era divertido estar con ella. Todos nos decían que hacíamos bonita pareja, no los culpo; en verdad estábamos hechos el uno para el otro e incluso nuestros padres se mostraban felices con nuestra relación y nos apoyaban en todo.

El tiempo transcurrió rápido y a mitad de la licenciatura conseguí un buen trabajo en un despacho contable. Me iba muy bien y todos los días al salir de la oficina pasaba por Laura, ella trabajaba en una agencia de publicidad. Algunas veces se quedaba conmigo y otras veces nos quedábamos en casa de sus padres, ¿qué más podía pedir? ¡La vida era perfecta!

Faltaban tres meses para la graduación, Laura estaba distante, fría, distraída e incluso irritante, se molestaba conmigo por cualquier situación. Cada vez pasábamos más tiempo separados y se dedicaba más a su tesis; la entendía, ya que no debía ser nada fácil. Por fortuna, yo me graduaba por promedio y no tenía que preocuparme por ello.

Durante ese tiempo tuve problemas con algunos de los que creía mis mejores amigos, se atrevieron a insinuar que Laura me engañaba y que por eso estaba distante e irritada. Sabía que eso no era verdad, ya que todo el tiempo que estábamos juntos me recordaba lo mucho que me amaba.

En casa las cosas tampoco iban nada bien, papá y mamá se separaron. Él se fue a vivir lejos de casa, no le guardé rencor. Creo que todos merecemos estar en un lugar que nos dé paz y tranquilidad, aunque eso signifique dejar atrás todo lo que has logrado durante muchos años. Después de todo, ¡de eso se trata la vida!, de ser felices a nuestro modo. Bueno… eso es lo que pensaba mi mamá y yo también.

Papá me llamaba todas las semanas, estaba al pendiente de nosotros y enviaba dinero cada quince días para que viviéramos bien. También dijo que vendría a la graduación. Mamá no tenía problema con eso; por fortuna, se despidieron en buenos términos. Me sorprendió la madurez con la que ambos tomaron la separación, a veces mi madre lloraba por las noches, decía que lo extrañaba mucho pero que no se puede obligar a nadie a estar en un lugar que no quiere estar.

Admiro la fuerza de mi madre, ¿cómo puede alguien soportar tanto dolor y fingir que no pasa nada?

De pronto, la fecha de la graduación había llegado. Al parecer perdí la noción del tiempo, pues toda la felicidad que tenía en mi vida se había ido en un santiamén. Estaba parado frente a una multitud de personas: profesores, compañeros y familiares que, aunque los conocía, me parecían extraños. Todos estaban atentos a lo que tenía que decir; todos aplaudían y apoyaban. Comencé a recitar un discurso que había preparado desde meses antes, Laura me había ayudado a realizarlo, pero ahora ella ya no estaba y nunca más volvería. No tenía sentido para mí, no quería estar ahí, pero me había comprometido y mis padres dijeron que eso me ayudaría. Necesitaba estar ahí o después me arrepentiría de no haber vivido esa etapa de mi graduación.

Miré a mi alrededor y todos mis amigos bailaban, tomaban, se divertían. Uno que otro se acercaba y preguntaba cómo estaba. Fue ahí donde supe lo que mi madre sentía cada vez que le hacían esa pregunta y ella respondía: «Estoy bien».

Fue en ese momento cuando vino a mi mente lo sucedido un mes antes de la graduación. Laura se enfermó de una infección en las vías respiratorias que se complicó en una neumonía. Los doctores indicaron que no había motivos para preocuparse. Con los cuidados correctos, medicamentos, descanso y un caldito de pollo era más que suficiente para que mejorara. Durante los siguientes días tuvo tos, fiebre, dolor en el pecho y todos los síntomas relacionados con esta enfermedad. Permanecí a su lado, incluso pedí permiso para faltar al trabajo. Después de tres semanas la mejoría era notable, ya se sentía bien y quería seguir trabajando en su tesis. Yo le recomendé que descansara y que yo la ayudaría; aceptó y me pidió que no faltara más a mi trabajo, que siguiera con mis actividades. Al ver su mejoría, yo obedecí.

Unos días después, una tarde de invierno no paraba de llover. Según los meteorólogos era una de esas tormentas de aguanieve. La lluvia era fría y el aire congelaba, yo sentía el cuerpo cortado y, por tal motivo, le comenté a Laura que prefería quedarme en casa a descansar y que al día siguiente la vería a primera hora. Ella aceptó feliz, como si quisiera deshacerse de mí por un momento. La entendí, los últimos días no me había despegado de ella.

El aire se colaba por cada rincón de la casa, la madre de Laura llamó por teléfono para avisarme que se dirigían al hospital, al parecer Laura se había puesto grave. No entendía qué pasaba, el día anterior ya se veía mucho mejor. Me levanté apresuradamente y fui al hospital.

Al llegar, no sabía lo que pasaba y encontré a sus padres en un mar de llanto, entonces me dieron la noticia: Laura sufrió una recaída y no se pudo hacer nada, murió de una neumonía fulminante.

Después de la graduación todo mundo volvió a la normalidad, excepto mi familia, pues la abuela y la hija de seis años de mi tía Lucrecia se mudaron a casa. Los padres de mi sobrina habían decidido irse a Estados Unidos de «mojados» para darle una mejor vida a la abuela y a la criatura, pero cuatro semanas después aún no se habían tenido noticias. Por otra parte, papá se quedó sin trabajo y los gastos en la casa seguían. En el trabajo de mamá hubo recorte de sueldos, así que por las tardes ella apoyaba a los vecinos en lo que podía para ganar un dinero extra. Yo ayudaba con un poco, pero no era suficiente.

De pronto no me reconocía, después de salir de trabajar me perdía en el alcohol para calmar el dolor, pero era temporal, cuando estaba otra vez sobrio el dolor regresaba. En casa no tenía paz, mi madre no dejaba de gritar y recriminarme que era un borracho e irresponsable. Poco a poco los amigos y los padres de Laura también me dejaron de llamar, fue mejor que lo hicieran, no entendía cómo aquellos que se hacían llamar mis camaradas aún insinuaban que me fue infiel.

No todo era tan malo como parecía, al menos en mi trabajo me estaba yendo bien. Mi jefe me indicó que tenía que hacer auditoría a unas empresas que se encontraban en otro estado y requería a dos profesionales para tal encomienda; uno sería yo, si aceptaba. Tendría que irme el próximo lunes y prácticamente triplicaría mi sueldo. A pesar de haber sido una gran noticia, debo reconocer que no me animó tanto, pero acepté. Tal vez estar lejos de todos los lugares que me recordaban a Laura me ayudaría y también podría apoyar a mi madre económicamente mientras se arreglaba su situación.

Fue así como partí un domingo en la tarde hacia un pequeño pueblo que estaba cerca de la zona industrial, donde se encontraban las empresas donde trabajaría los meses siguientes.

Llegué al lugar donde me alojaría: era una construcción de cinco niveles y en la planta baja había un pequeño bar. Eso me emocionó mucho ya que tendría alcohol al alcance de la mano. Se entraba al edificio por un corredor que estaba al lado de una casa de estilo barroco y bardeada, no contaba con ascensor, las escaleras se encontraban en la parte exterior del edificio hasta el fondo. Para mi mala fortuna, el departamento se situaba en el último piso.

Detrás del inmueble había unos pequeños cuartos con excedente de terreno donde sembraron árboles frutales, los cuales estaban rodeados de una barda que limitaba todo el predio que pertenecía a la propiedad. En los cuartos vivía una pareja de adultos mayores, la señora Marta y su esposo, quienes se encargaban del mantenimiento del edificio.

El lugar donde me hospedaría era pequeño, pero bien distribuido. Contaba con dos recámaras, un baño completo, sala, cocina, comedor y un pequeño estudio.

Una semana fue suficiente para adaptarme, la empresa en la cual trabajaría haciendo auditoría tenía diferentes áreas de negocios, entre ellos una comercializadora de salsas para tacos. No era necesario que fuera todos los días a la compañía, solo era cuestión de ir por la información y papeles requeridos para trabajar desde casa.

Pasaron casi tres semanas, mi jefe aún no decidía quién me apoyaría con el trabajo pues no encontraba a otro candidato. Le indiqué que no se preocupara, que yo podía con todo. La verdad es que me gustaba estar solo y además me daría un extra por hacerlo, de esta manera podría hacer lo que quisiera sin que nadie me molestara.

Todas las noches compraba cerveza y cigarros, me sentaba en las escaleras afuera de mi departamento y pensaba mucho en Laura, imaginaba la vida que hubiéramos tenido.

Durante ese tiempo pude darme cuenta de que los demás departamentos funcionaban como alojamiento temporal, puesto que siempre entraban personas diferentes. Esto era bueno, así no crearía relaciones; no deseaba socializar con nadie, quería estar solo.

Un día regresando a casa, dejé todas las cosas en la mesa de la sala y salí a sentarme a las escaleras a tomar cerveza y comer frituras, ya que era lo único que tenía de alimento.

De pronto me pareció ver la silueta de alguien en un rincón de la escalera donde casi no daba la luz. Sentí un escalofrío que hizo que se me pusieran los pelos de punta, ¡en verdad ahí había alguien! Levantó la cabeza, dejando al descubierto sus ojos que brillaban mucho con el reflejo de la luz; tenía una mirada penetrante y me percaté que estaba lastimado, al parecer lo habían golpeado. Se encontraba en mal estado, tal vez necesitaba ayuda o quizás el maltratador lo andaba buscando y había subido las escaleras para que no lo encontraran.

Me observaba lleno de desconfianza, como si también le fuera a hacer daño. Me dio un poco de miedo, ya que cuando alguien se siente amenazado puede ser agresivo.

—Hola, ¿qué haces ahí? Debes irte a tu casa, este no es sitio para alguien como tú...

Capítulo 2:
Un extraño sin nombre

Recuerdo muy bien el día que nací. No, la verdad es que no. No sé si era de día o de noche, solo sé que hacía frío y mi mamá me abrigaba lo más que podía.

Tiempo después me percaté de que inicié en un pequeño pueblito, donde las gallinas y los perros se dan por igual. Mi madre se esforzaba por darnos lo mejor a mí y a mis dos hermanos, nos enseñaba muchas cosas, parecía como si tuviera prisa porque aprendiéramos.

Siempre nos decía que nuestra familia fue bendecida por los dioses y que teníamos diferentes dones para ayudar a las personas si así lo deseábamos, que conforme creciéramos entenderíamos de lo que hablaba.

De verdad tenía una vida buena, pero es bien dicho que nada dura para siempre. Un día mamá murió y todo se tornó complicado. Se fue muy joven, nos dejó a mí y a mis dos hermanos más pequeños desamparados. Por fortuna, una organización nos acogió y consiguió familia para mis hermanitos, los cuales no volví a ver jamás.

Por otra parte, la verdad nunca he sido de las bonitas del barrio, ¿qué te digo? Más bien he sido una cosa normal, así que no corrí con la misma suerte de ser adoptada. Cuando tuve una oportunidad, escapé de aquel lugar.

Al inicio me sentía desorientada, no sabía qué haría con mi vida. Muchas veces estuve a punto de regresar al lugar de donde hui, pero no quería estar prisionera toda la vida, deseaba mi libertad. Unas cuantas noches con frío y hambre no me iban a hacer renunciar.

Mientras vagaba por las calles del pueblo, conocí a otros colegas que se encontraban en una situación similar. Me advirtieron que tuviera cuidado porque había personas que en realidad eran malas, sin dar el beneficio de la duda. Me dije a mí misma que jamás sería confiada, no después de las atrocidades que me habían contado.

Todos los días mis amigos y yo recorríamos los basureros en busca de comida. Es sorprendente como muchas personas suelen desperdiciarla y agradezco que así fuera, ya que de esta manera nunca nos faltaría alimento.

Dormíamos en una casa abandonada, nos divertíamos mucho; tal vez no teníamos lujos, pero éramos una gran familia, con eso bastaba. Un día un desalmado atropelló a Chris, mi mejor amigo. El tipo ni siquiera se detuvo para ayudarlo y pude observar cómo se burlaba y seguía su camino. Me acerqué a él con los ojos llenos de lágrimas, él me miró y sonrió

—¿Por qué lloras, pequeña?

—Porque estás muriendo y no quiero perderte.

—No puedes perder lo que nunca fue tuyo y la vida es así, se puede ir en cualquier momento, por eso debes vivir al máximo cada segundo mientras aún respires.

—Pero si mueres nunca te volveré a ver.

—Te contaré un secreto, quiero que nunca lo olvides: hay algo mucho más allá de la muerte y eso se llama esperanza, así que mientras la conserves... tal vez algún día nos volvamos a ver, recuerda que la muerte no es el final.

Fueron sus últimas palabras. Justo ahí entendí los riesgos que conlleva ser libre.

Chris murió esa tarde con una gran sonrisa. Siempre decía que cuando uno de nosotros muere, nuestra alma tiene dos opciones: la primera es convertirse en un guía espiritual y la segunda reiniciarse en una nueva forma de vida. También mencionaba que nuestra percepción va más allá de cualquier especie y que cuando regresamos conservamos parte de nuestros recuerdos, hasta recordar algo realmente maravilloso y es ahí donde se borra toda nuestra conciencia. Estoy segura de que él será un gran guía espiritual.

Después de un tiempo, poco a poco mis compañeros fueron desapareciendo hasta el punto de verme totalmente sola. Nunca entendí por qué se marcharon sin despedirse. De pronto la comida también empezó a escasear, ahora tenía que viajar más lejos para conseguir alimento. A veces no encontraba nada y regresaba hambrienta y muy cansada.

Todo empezó a ir de mal en peor. En una de esas ocasiones, al volver a casa, pude notar cómo había nuevos inquilinos, estos se habían adueñado de algunas cosas que tenía y me obligaron a abandonar el lugar. Ahora me encontraba hambrienta y sin hogar.

Tuve que recurrir a mi última opción, acercarme a las casas o comercios para ver si me regalaban un poco de alimento. Casi nunca tuve éxito, la gente era grosera, me ofendían y a veces me lanzaban objetos para que saliera del lugar.

Todas las noches avanzaba unos cuantos metros o kilómetros, la verdad no lo sé. Caminaba sin rumbo y cuando estaba a punto de salir el sol buscaba un refugio. Rara vez salía de día, solo si en verdad tenía mucha hambre o sed; de lo contrario evitaba asomar las narices. Cuando lo hacía, las personas me insultaban y golpeaban.

Jamás pensé que lo diría, pero anhelaba mucho tener un hogar. Un día conocí a un hombre que tenía similitud conmigo, él también dormía donde lo agarraba la noche, comía alimentos que se encontraran en la basura, se encontraba sucio y tenía unas cuantas pulgas.

Poco a poco nos hicimos amigos, me compartía de la poca comida que tenía, dormíamos juntos, creo que en verdad me quería. Un día me dijo que le dolía el estómago y que no se levantaría. Me quedé viéndolo fijamente por mucho tiempo y fue que se me reveló algo de verdad terrible, pude observar cómo algo maligno se encontraba dentro de él. «¿Será que este es uno de los dones de los que hablaba mi madre?», pensé. Tal vez sí lo era, pero no sabía cómo podía ayudarlo.

Recordé que cuando a mí me ha dolido la pancita es porque no he ingerido alimento, así que salí en busca de comida para darle, quizá de esta forma el dolor cedería. Recorrí varias calles sin éxito, hasta que una pareja de novios que comía algo que llaman hamburguesa me obsequiaron la mitad. Me apresuré a regresar, ¡sí que me aleje bastante! Cuando regresé no encontré a mi amigo y me cansé de buscar su rastro por todas partes.

—Si buscas a tu amigo el vagabundo, ya no volverá nunca —me comentó un sujeto.

Levanté la mirada, ¡por Dios!, era hermoso, parecía que había salido de un cuento de esos que mi madre solía decirnos antes de dormir. Con voz titubeante, pregunté:

—¿Por qué dices eso?, ¿acaso sabes dónde está?

—Claro que lo sé. Murió, se lo han llevado a un lugar llamado morgue donde se quedará para siempre.

—Morgue, ¿qué es eso?

—Es un lugar donde almacenan los cuerpos de las personas que no tienen vida, pero no te inquietes, si quisieras puedes hablar con él.

—¿Hablar con él?, ¿cómo puedo hacer eso?

—Al parecer tu madre no te enseñó a hacerlo. No te preocupes, ¡yo te enseñaré! Pero debes saber que cada vez que lo hagas, tu vida se acortará un año. Por ejemplo, si ibas a vivir 20 años y usas ese don, cuando cumplas 19, ya sea por accidente o por enfermedad, morirás.

No entendía lo que decía, solo sé que me sentía triste, otra vez un amigo se iba sin despedirse, al parecer estaba destinada a estar sola para siempre.

Los siguientes días comencé una bonita relación con Reinaldo, así era como lo llamaban. Él me enseñó a desarrollar y utilizar los dones de los que hablaba mi madre. En verdad llegué a amarlo mucho, gracias a él conocí el amor, el compañerismo, la amistad y la traición.

Así es, se ganó mi confianza, me enamoró, me utilizó y después me abandonó. Se fue con alguien más porque según «yo no tenía lo suficiente», simplemente era diversión, jamás tendría algo serio conmigo.

Aunque me dolió mucho, no todo fue tan malo. Disfruté al máximo del tiempo que pasamos juntos, también aprendí a viajar a otros planos astrales e incluso me enseñó a cómo llevar a alguien más ahí, aunque eso hace que uno se quede sin energías y reduce el tiempo de vida.

Después de un tiempo comprendí que nunca debí haber huido de la institución, al menos ahí tenía comida, un techo y la posibilidad de encontrar una familia, pero ahora ya era muy tarde.

Decidí regresar al lugar donde había sido feliz, sabía que ya estaba ocupado, pero tenía la esperanza de que alguno de mis amigos con los que me divertía tanto hubiera regresado. Caminé por varios días, al llegar al lugar pude notar como ninguno de mis colegas anteriores había regresado, tampoco estaban los que me habían echado de mi propio hogar.

—Sé bienvenida, siéntete como en casa —me dijo uno de los nuevos habitantes mientras me ofrecía algo de comer. Me indicó que si gustaba podría quedarme con ellos, solo tenía que colaborar con las tareas diarias. Acepté de inmediato.

Muchos de los compañeros salían a buscar comida a los basureros, pero algunos no regresaban. El líder del grupo nos decía que tal vez habían encontrado una vida mejor y por tal motivo no volvían, pero los que estábamos teníamos que seguir cooperando para mantener a nuestra familia a salvo.

Una tarde decidí salir a caminar; al regresar al refugio noté que se encontraba totalmente vacío, no entendía qué había pasado. Noté manchas de sangre en algunas paredes, eso me puso alerta y seguí el rastro, pero no tuve éxito, no pude hallarlos.

Decidí salir del lugar en busca de comida, desafortunadamente no encontré nada, así que me senté frente a un puesto de tacos. El hombre que atendía me vio...

—¡Vaya, se ve que estás hambrienta! Ven, acércate, come un taco.

El olor era un poco extraño, ya había comido tacos que tiraban a la basura, pero la carne se veía diferente. Puso un taco cerca de mí, lo olí y lo toqué, la textura era diferente. Tomé un pedacito, lo introduje a mi boca y... lo vomité enseguida. ¡Pude ver el peligro que me acechaba! Quise huir, pero fue demasiado tarde, aquel sujeto se había acercado sin que lo viera y me dio un golpe que me dejó inconsciente.

No sé cuánto tiempo estuve fuera de mí. Cuando abrí los ojos pude notar que ahí se encontraban varios de mis compañeros encerrados y heridos, necesitaban ayuda con urgencia. Al otro lado del muro podía escuchar gritos desgarradores que suplicaban piedad. Después de unos minutos cesaron, escuché pasos que se acercaban, volví a tirarme al piso fingiendo estar inconsciente. Entró el mismo hombre que me había ofrecido aquel taco, me miró...

—¡Vaya, así que aún no despierta! Bueno, por hoy te salvaste, debes estar consciente para que pueda quitarte la piel con rapidez.

«¿Quitarme la piel?», pensaba. ¡Sentí terror! «No te muevas, no te muevas», me decía en la mente.

Después de que se marchó, me levanté con sigilo. No entendía por qué yo no estaba en una jaula como los demás, tal vez pensó que ya estaba muerta y por eso solo me dejó en el piso.

Todos me pedían ayuda, les indiqué que guardaran silencio. Había tres jaulas, utilicé mis garras para abrirlas, uno a uno fue saliendo por la ventana. Cuando terminé de abrir la última jaula, no me percaté de que el sujeto había entrado y enfadado comenzó a perseguirme. Ese tiempo fue aprovechado por los demás para huir. Logró acorralarme, me empezó a golpear con un palo, después me tomó de la cabeza, sabía que me rompería el cuello, así que saque fuerza de mi interior. Le arañé la cara, principalmente cerca de los ojos, eso hizo que me arrojara contra la pared. Me levanté como pude, caminé lentamente, pero me tomó de nuevo. Ya no tenía fuerzas, me arrancó algunos de mis bigotes para provocarme dolor mientras me llevaba donde había una olla de agua hirviendo...

Sin dudas era mi fin, por más que forcejeaba no podía soltarme.

—No sabes cómo disfrutaré esto. Después de que termine contigo iré tras tus amigos.

Pude notar cómo pasaba mi vida en cuestión de segundos, ¡vaya que mi vida no ha sido tan buena! Después de todo, tal vez este tipo me haría un favor al acabar con mi sufrimiento, lo único que me asustaba era la forma en la que lo haría, me convertiría en carne para tacos. ¿Será que esa era mi misión en la vida?

Cuando estaba a punto de sumergirme en la olla con agua hirviendo, alguien tocó fuerte la puerta.

—Disculpe, mi nombre es Pablo. Vengo de la empresa La Picosita, traigo su pedido de salsas, encargó dos cajas surtidas.

—Por favor, regrese más tarde, joven. Ahorita estoy ocupado —respondió.

Sabía que era mi oportunidad de escapar, no tenía fuerza para pelear y liberarme, pero sí para gritar por ayuda, así que empecé a gritar con desesperación.

—¿Todo bien ahí?

—¡Maldito, ni creas que te vas a salvar!

Me arrojó otra vez al piso y salió.

—Sí, todo está bien. Déjemelas aquí, joven. ¿Dónde firmo de recibido?

Mientras conversaba con el otro sujeto, saqué fuerza de lo más profundo de mi ser, di un gran salto y escapé por la ventana.

«Corre, corre y no te detengas», me decía a mí misma.

Llegué casi sin aliento a un callejón oscuro. Algo dentro de mí me hizo quedarme ahí, me oculté entre los pequeños árboles y bolsas de basura que había. Cerré los ojos por un momento, pero el frenazo violento de un auto me hizo despertar. Pude reconocer ese vehículo, era el mismo que tiempo atrás había atropellado a Chris y era conducido por el mismo hombre del cual había escapado. ¡Llevaba un bate!

—¿Dónde te metiste, miserable animal? Tarde o temprano te voy a encontrar y a dar tu merecido.

Me quedé inmóvil, sabía que me andaba buscando, si lograba encontrarme tendría una muerte dolorosa y segura. Esperé a que se retirara y luego caminé por horas. Mi cuerpo estaba débil, tenía mucha hambre y sed, pero no podía detenerme, podría alcanzarme. Estaba exhausta, las piernas no me respondían. Miré a mi alrededor y pude ver un edificio blanco, caminé hacia él y vi que podía entrar por un lado. Después subí las escaleras hasta el último piso donde había un pequeño rincón, sabía que si buscaba ahí al menos podría escuchar los pasos cuando subiera. No pude más y me eché a descansar.

La noche ya había caído, me dolía todo el cuerpo, tenía unos cuantos bigotes rotos, me era difícil levantarme, no había comido ni tomado nada, no tenía energía ni siquiera para buscar alimento, seguramente moriría de hambre y sed. En lo único que podía pensar era en lo cruel que eran las personas, se aprovechan de su condición y lastimaban a los más débiles. ¡Jamás volvería a confiar en un humano!, ¡nunca lo haría!

Un escalofrío y miedo se apoderó de mí, escuché pasos que subían las escaleras. «¿Será que me ha encontrado?», pensé. No lo sabía, así que solo me acurruqué y cerré los ojos. «Si existe Dios, que sea lo que Él decida».

Por fortuna no era él, se trataba de otra persona. Pasó sin mirarme, entró a su casa y después de unos minutos salió con algo en la mano, se veía muy melancólico. A diferencia de las personas que me han hecho daño y que tienen un aura gris o negra, este tenía un aura opaca pero blanca. Se notaba que tenía gran tristeza, como si alguien le hubiera hecho mucho daño. Se sentó en la escalera y empezó a comer, no se había dado cuenta de mi presencia hasta que...

—Hola, ¿qué haces ahí? Debes irte a tu casa, este no es sitio para alguien como tú...

Capítulo 3:
El encuentro

—Hola, ¿qué haces ahí? Debes irte a tu casa, este no es sitio para alguien como tú...

No sabía qué hacer, tampoco si me haría daño, así que solo me mantuve alerta, después de todo no tenía energías para defenderme.

—¿Tienes hambre? —preguntó el sujeto mientras sacaba unas cositas en forma de lombriz de color amarillo que crujían cuando las masticaba. Las olfateé desde lejos, extendió la mano, me ofreció un par de ellas. Me invitaba a que me acercara hacia él, pero venía a mi mente lo sucedido anteriormente. El miedo me paralizaba, ya que la última vez no resultó bien para mí.

—Se ve que estás asustada, pero no tienes por qué tener miedo. Aquí no hay nadie que quiera hacerte daño.

Escuchar esas palabras me dio un poco de confianza, aunque debo reconocer que el verdadero motivo por el cual decidí acercarme fue porque tenía demasiada hambre. Caminé sigilosamente hacia él, tomé con mi garra una pieza, la observé por todos lados, la analicé para ver si no era peligrosa, decidí comerla... No sé qué era esa cosa crujiente, solo sé que fue la mejor comida que había probado en mi vida.

—¿Te gustan las frituras? —inquirió.

No estaba de acuerdo con que un manjar que los mismos dioses envidiarían tuviera un nombre tan chusco y simple, pero me limité a comerlos.

—Se ve que te gustan mucho, no te culpo, ¿a quién no le podrían gustar? ¡No te vayas!, te traeré un poco de agua.

Continué comiendo mientras él entraba en la casa. Al poco tiempo volvió con un pequeño plato lleno de agua y un pequeño pañuelo mojado. Colocó otra porción de fri... fri... Bueno, ¡de eso! para que siguiera comiendo. En un descuido me tomó del abdomen y me puso entre sus piernas. Yo estaba petrificada, no tenía fuerzas para escapar, pensé que había llegado mi fin. Al menos había tenido la dicha de probar una última cena deliciosa. Me quedé sin hacer nada...

—¿Quién te lastimó? —me decía mientras con el pañuelo limpiaba mis heridas. A pesar de que eso me causaba un poco de dolor, decidí quedarme inmóvil. Cuando terminó me empezó a hacer cosquillas en la pancita y en el cuello mientras yo me retorcía...

En realidad, me relajé mucho, estaba por quedarme dormida cuando sonó un teléfono. Me puso en el piso y fue a contestar.

—Estoy bien, estoy con unos amigos, mamá, no te preocupes.

No entiendo por qué mintió, en ese lugar solo estábamos él y yo, al menos que sus amigos fueran invisibles, pero aun así yo los podría ver. Después de un tiempo salió con unas mantitas y las colocó en el hueco de las escaleras.

—Me parece que estás perdida y desorientada. Esta noche puedes quedarte aquí en lo que tomas fuerzas para ir a tu hogar...

Han pasado un par de días desde que llegué, el humano me trata bien y me alimenta. Por las noches sale a tomar un líquido amargo, no pregunten como es que sé que sabe así. Ahí pasamos observando al horizonte durante mucho tiempo, mientras me da masajes en todo el cuerpo. Algo que todavía no comprendo es por qué su mirada es tan triste. Estos días que lo he acompañado he notado que llora sin motivo alguno, tal vez le duela la pancita.

Gracias a que me alimenta bien y me da masajes he recuperado las fuerzas, así que, por tal motivo, decidí explorar todo el lugar. Sé que estoy a salvo, ya que las personas que andan por aquí se emocionan al verme, reaccionan diciendo: ¡qué bonito gatito!, acompañado de algo de comer. Es algo raro, nuevo para mí, por lo general siempre recibía insultos y golpes.

Estos últimos días he conocido mucha comida mexicana conocida como garnachas y fritangas, bueno, así las llamaba él. A pesar de ser ricas, puedo intuir que hacen daño a nuestros organismos. Traté de decírselo, pero no entiende mi idioma, así que hago acciones como comer un trozo de zanahoria en vez de garnachas, pero siempre que me veía hacer eso él contestaba que de algo se tenía que morir. ¡En eso estoy de acuerdo!, así que

¿por qué desperdiciar el medio tamal de mole que quedaba? Por cierto, no sé si conozcan el mole, pero es riquísimo.

Un día, además de tomar, estaba comiendo algo que olía muy mal. Al parecer era algo demasiado picoso, ya que lo hacía sacar humo por la boca. Quise probarlo, pero me dijo que fumar era malo. Entonces, ¿por qué lo hace? Después se sentó junto a mí, observé que no llevó nada de alimento.

—Oye, humano, creo que has olvidado la cena, no la veo por ningún lado.

Se escuchó algo similar al silbido de un auto.

—Llegó la pizza —mencionó.

¿La qué? No entendía lo que quería decir, pero bajó con rapidez. Yo lo seguí y pude ver cómo daba unos trozos de papel a cambio de una caja de cartón muy delgada. ¡Vaya!, ¿eso es la pizza? Huele rico, pero no creo que me guste comer cartón con olor rico. Subimos de nuevo y nos sentamos en el mismo lugar.

Abrió la caja y pude notar que dentro venía la famosa pizza. Tenía forma redonda, la observé por un momento, la verdad no se me apetecía comerla, parecía vómito de perro maltés, pero él insistió. Tomó una parte y me la puso en un plato de plástico.

De pronto todo se iluminó, me sentía resbalando por un arcoíris entre las nubes. Creo que el tiempo se detuvo por unos instantes, mientras algo pegajoso se derretía entre mis colmillos. Era una sensación aún más placentera que caminar por el pasto húmedo o como cuando mamá te cubre del frío y te da el besito de las buenas noches. No, más bien, si mezclas todas esas emociones, tendrás una idea de lo que es el sabor de una pizza por primera vez. ¡Qué equivocada estaba al decir que las frituras eran lo mejor!

Comimos pizza hasta quedar como cucarachas con la panza arriba, que no se pueden mover y solo esperan la muerte. De repente me tomó en sus manos, nos miramos fijamente…

—Han pasado varios días desde que llegaste, te deben extrañar en tu hogar.

—Pero yo no tengo hogar —le respondía en mi idioma. Sé que no me entiende, pero me gusta pensar que lo hace.

—¿O será que no tienes hogar? ¿Eres un gatito callejero?

—Eso es ofensivo, pero es mi situación.

—La verdad yo soy antigatos.

—Concuerdo, yo soy antihumanos.

—Mi nombre es Gerardo, pero todos me dicen Jerry.

—Vaya, tienes nombre de ratón, pero no de cualquiera sino de uno famoso y grosero.

—¿Y tú tienes algún nombre?

Ahora que lo preguntas, nunca me había puesto a pensar en ello: ¿un nombre? Si tuviese nombre significaba que tenía familia y no la tenía, así que no lo necesitaba, aunque muchos me decían gato silvestre y otros eran más crueles y me llamaban «¡gato cochino!», «¡sucio animal!», «¡lárgate de aquí!», «¡qué asco de gato!», «¡gato pulgoso!», «¡gato callejero!», «¡gato corriente!», etc. Creo que mi nombre es gato cochino, acompañado de un objeto. Sí, ese era mi nombre.

—Me llamo gato cochino.

—Si no tienes nombre, te pondré uno.

¿Ponerme un nombre? La verdad no estaba segura de querer tener nombre, pero sin duda era una buena idea, así podría saber cuándo estén hablando de mí, puesto que hay muchos gatos cochinos. Sí, un nuevo nombre, después de todo estaba experimentando una nueva vida.

—¡Vamos Jerry!, tengo algunas opciones. ¿Qué te parece si me nombras Atenea, Artemisa, Hera, Afrodita? ¿O ya un poco más humilde Frida Kahlo o Juana de Arco?

—Mmm... Te llamarás Colita de algodón.

—¡¿Qué?! ¿Cómo que colita de algodón? ¡Qué nombre tan feo y ridículo!

—No, ese nombre queda bien para un gato más pachón. Mejor Peluso o Bigotes.

—Vaya que este ratón si es algo tonto, no sabe mucho de gatos. ¿Acaso no se da cuenta de que soy una gatita y no un gato? Que no se le ocurra dejarme ninguno de esos nombres.

—No, ya ni bigotes tienes. ¿Cómo te pondré? ¡Ah, ya sé!, te llamarás Micho... Micho Feroz.

Así que Micho Feroz fue mi nuevo nombre. Por primera vez en mi vida tenía uno decente, aunque no era justamente el que me hubiera gustado, pero al menos era mejor que cualquier otro que hubiera tenido.

Después de recibir mi nombre, escuché pasos suaves, casi imperceptibles. Me puse alerta, sabía que no era bueno. Jerry o Ratón, como quieran llamarlo, no se percató de ello, al parecer él no podía escucharlos. Estiré la cabeza por el barandal y pude notar cómo una mujer con la mirada triste, la ropa rasgada y el pelo desalineado subía por las escaleras, mientras pegaba unos sollozos escalofriantes...

—¡Jerry, Jerry! —decía mientras avanzaba.

Un perro de los vecinos empezó a aullar, Jerry se puso algo incómodo...

—Esto no es bueno, debes entrar a casa —le comenté, pero como siempre no me entendió. Mientras me ponía en guardia para atacar, él me sujetó.

—No tengas miedo, solo es el aullido de un perro, desde que llegué esto pasa seguido.

Cada vez se acercaba más y más, tenía miedo de lo que le pudiera pasar a mi humano. Desafortunadamente él no la veía, ni escuchaba nada. De pronto Jerry sacó otra vez ese alimento que le hacía sacar humo por la boca, la mujer se retiró lentamente.

Capítulo 4:
El mensaje de Gina, la gallina

Pasaron dos meses desde que conocí a Jerry, muchos de los dones que nos dieron a nosotros, los gatos, los uso para proteger a mi compañero. La verdad es un buen sujeto, agradezco a Dios por ponerlo en mi camino, por eso me esfuerzo en cuidarlo. Aunque él dice que soy un gato flojo porque me la paso durmiendo mucho tiempo.

Durante estos días he entendido muchas cosas y otras él me las ha contado. Resulta que la mujer que lo visita por las noches no quiere lastimarlo, más bien es el motivo por el cual él está tan triste. Ojalá pudiera verla y hablar con ella.

Jerry dijo que sería mejor que me quedara dentro de la casa y durmiera cerca de él, la verdad es que ronca mucho. Llámame gata silvestre si quieres, pero no estoy acostumbrada a estar en un lugar cerrado. Después de que le rasgué un par de cojines, mordisqueé el cable del internet y tiré varias cosas, creo que entendió que no me gusta estar enclaustrada. Ahora deja abierta la puerta durante el día, de esta forma puedo entrar y salir sin problema. Por las noches me deja afuera, adaptó una casita con una camita y recipientes de comida por si me da hambre. Debo admitir que esa comida no me gusta, así que se las regalo a mis colegas gatos que andan por el rumbo, en lo personal prefiero la pizza.

El otro día se quedó en cama toda la mañana, me comentó que le dolía la pancita, yo amablemente me eché en su estómago un par de horas. Más tarde me indicó que el dolor había pasado y a mí me empezó a doler. En otra ocasión, mencionó que le dolía el cuello. Curiosamente después de echarme en él, su dolor desapareció y el mío comenzó. Pude comprender que esto es de lo que hablaba mi madre, dones que los dioses nos otorgaron.

Nuestra casa estaba hecha un desastre, gran parte era su culpa, puesto que se la pasaba largas horas frente a la computadora. A veces no entiendo, prefiere estar ahí que rascarme la pancita, no sé por qué es tan importante el trabajo para él, los humanos son raros.

Tuvimos una visita. Resulta que una noche recibió una llamada, al parecer de una amiga. Eso me causa emoción, pesé que yo era su única compañera, esperaba que esa chica estuviera a la altura y lo mereciera, de lo contrario no dudaría en arañarla y morderla.

Toda la mañana nos la pasamos limpiando. Bueno, él lo ha hecho; yo contribuí dejando más huellas por donde no ha limpiado bien para que lo volviera a hacer y así quedaba reluciente. ¡Vaya que terminé cansada, hacer huellas no es trabajo fácil!

Terminábamos de adaptar la segunda recámara donde se quedaría nuestra visita cuando llamaron a la puerta. Era la amiga de Ratón, la cual se llama Gina. ¡Qué curioso, tiene nombre de gallina! ¡Sí, eso es! Gina, la gallina.

Al momento de verla, mi humano la abrazó un par de minutos, al parecer se extrañaban mucho. Yo mantuve mi distancia, por lo general soy muy cautelosa.

Gina tiene piel blanca; su cabello es café castaño y ondulado; sus ojos son café claro; es delgada y mide aproximadamente 1.72 m. ¡Sí que es una gran gallina! Trae puesto unos lentes y un atuendo blanco con rosa; se ve que es una chica agradable y con gran carisma.

Mamá siempre me había dicho que nunca se debe llegar a una casa sin algún presente, pero al parecer a esta gallina no le enseñaron eso, llegó con las manos vacías.

¡Vaya que empezamos mal! Desde ese momento no le quité los ojos de encima, creía que no era digna de confianza.

La verdad se me hizo una exageración tantos abrazos, besos y saludos, con uno hubiera bastado, además ya tenía hambre. Después de que terminaron con todo el teatrito entramos a la sala, se sentó en mi sillón favorito y me vio. Con una voz muy chirrisca exclamó:

—¡Ay, mi vida, tienes una hermosa gatita! ¡Ven aquí, bebé!

Me tomó con suavidad entre sus brazos y empezó a darme masajes en la espalda y cuello. ¡Sí que sabía cómo hacerlo, lo hacía mucho mejor que mi humano! Ahora que lo pienso, no debí haber juzgado antes de conocerla, ya que se veía que era una chica muy inteligente. Pensé en adoptarla como un nuevo sirviente, si es que decidía quedarse; además, después de solo verme pudo deducir que soy gatita. Jerry llevaba meses conmigo y ni siquiera sabía.

—¿Cómo que gatita? — preguntaba Ratón.

—Sí, todos los gatitos de este color casi siempre son hembras —le comentaba mientras seguía masajeando. Mi humano me arrebató de sus brazos y me miró fijamente.

—¿Por qué no me habías dicho que eres hembra, Micho Feroz?

Bueno, se lo había dicho muchas veces, pero jamás me hizo caso.

—Ahora tenemos que cambiarte de nombre, uno que vaya más acorde a una gatita, ¡Ya sé!, te llamarás Pelusa.

¿Qué? ¿Cómo que Pelusa? Al menos antes era feroz, pero ahora quería rebajarme a una simple pelusa. Escuchar eso sí que me molestó.

—¿Cómo está mi pelusita? A ver mi Pelusa —repetía.

¡Dios, dime que esto es un sueño! No puedo terminar siendo una simple pelusa. Por fortuna, Gina intervino.

—Creo que si ya entiende por Micho Feroz deberías dejárselo, sino la vas a confundir. ¿O qué te parece si la llamas Micha?

Vaya que esta chica terminó de caerme bien, ese nombre me gusta mucho más.

—Micha suena bien, sí. ¡Te llamarás Micha Fernanda!

Y fue así que tenía un nuevo nombre.

Terminábamos de comer pizza, cuando de pronto Gina preguntó:

—¿Aún la extrañas?

—Te mentiría si dijera que no.

—Es normal, aún no cumple ni un año.

—No quiero hablar de eso ahorita.

—Debes de hablar con alguien, tu madre está preocupada.

—Ella te mandó, ¿cierto?

—No, vine porque eres mi mejor amigo y sé que estás pasándola mal. Pero si no quieres hablar de ello no te obligaré, lo harás cuando estés listo.

Ratón se soltó a llorar como lo hacía cada noche, otra vez escuché cómo una presencia se acercaba y llegó hasta donde se encontraban. La observé fijamente, ella también lloraba...

—Íbamos a ir a vivir juntos después de la graduación, ella estaba embarazada, ¡estaba esperando un hijo mío! ¿Te das cuenta? ¿Ahora me entiendes?

Gina lo abrazó con mucha fuerza.

—Sí, ya lo sabía.

—¿Cómo que ya lo sabías? ¿Te lo contaron sus padres?

—No, me lo contó ella y ese es el motivo por el cual estoy aquí. Me dijo que necesitaba que le hiciera un favor.

—Ni siquiera me pude despedir de ella, el día que murió yo me quedé en casa. ¿Quién iba a pensar que eso pasaría? Debe odiarme por no estar a su lado, ¡la abandoné!

—Sabes que no es cierto, te sentías mal, lo hiciste por su bien. Estoy segura de que lo entiende y no quiere verte así —respondió Gina.

—¿Cómo puedes estar segura de eso?

—Cuando pasó todo y hablé contigo, me pediste que te diera tu espacio. Durante todos estos meses he estado al pendiente de ti. Sé que quieres estar solo y lo entiendo, pero la razón por la cual estoy aquí es porque tuve un sueño.

—Un sueño... ¿De qué hablas?

—Recuerda que desde pequeña a veces sueño con personas que han muerto y que quieren ayuda.

—Sí y eso te asustaba mucho.

—Y tú me ayudaste a entenderlo y a sobrellevarlo. Soñé con Laura y te parecerá mentira lo que voy a decirte o tal vez pienses que es un invento mío, pero aun así debo decírtelo, ya que, de no hacerlo, ella no me dejará dormir tranquila como lo ha hecho últimamente.

Jerry se limpió las lágrimas, la plática se ponía cada vez mejor. Por fin entendía por qué estaba tan triste, yo pasé por algo similar cuando mi madre murió. Pude observar cómo Gina desprendía una pequeña aura similar a la de los gatos, eso significaba que tal vez no soñaba sino que lo veía y ella pensaba que era un sueño.

—¿Qué te dijo?

—Que no debes llorar más, que ella no era tan buena como pensabas, que es cierto que te engañaba y que el hijo que esperaba no era tuyo.

Ratón se molestó mucho e indicó a Gina que se fuera de una forma poco amable, la verdad lo desconocí. La chica no estaba mintiendo, sabía que decía la verdad, pude verlo a través de ella, pero él no quiso seguir escuchando más.

—Ella sabía que reaccionarias así. Me voy, pero me dijo que te diera esto.

Gina salió del departamento y yo con ella, no podía dejarla sola.

—¡Micha, métete a casa o te quedarás afuera! ¡Vaya, gata traidora!

«¿Cómo así? Aquí quien da las órdenes soy yo», pensaba.

Gina sacó un sobre y se lo intentó dar a Ratón para que viera el contenido, pero este cerró la puerta y no quiso recibirlo.

—Tienes que ver el contenido, solo así podrás creer que lo que te dije es verdad. Ella dijo que te enojarías, que tal vez no me creerías y por eso me pidió que te diera esto, lo dejaré aquí afuera. Ojalá y después de calmarte puedas verlo, quiero que sepas que cuentas conmigo para todo.

Gina sacó su teléfono para hacer una llamada.

—Hola, papá. Sí, ya se lo dije y como lo esperábamos se enojó mucho, pero al menos ya cumplí. No sé si haya sido lo mejor, pero tenía que hacerlo. Por favor, pasa por mí.

Acompañé a Gina hasta la puerta del edificio, nos sentamos en la banqueta a esperar, me tomó nuevamente en sus manos. Mientras me acariciaba me dijo que también tenía un mensaje para mí.

—¿Para mí?, pero si yo ni te conocía hasta hace un par de horas.

—Bueno, Laura mencionó que tú también tienes que ver lo que hay en el sobre. De hecho, tú más que nadie tiene que ver el contenido para que puedas ayudarlo.

Llegó el papá de Gina, ella se despidió de mí y yo volví a casa. Me paré frente a la puerta, estaba muy molesta por la actitud de este súbdito, mira que gritonearme a mí, yo que vengo de una ascendencia donde en tiempos anteriores éramos venerados como dioses. Así que cuando abriera la puerta lo mordería para que aprenda a respetar, pensé.

La puerta se abrió, ver a Ratón en esas condiciones hizo que lo perdonara de su castigo, me tomó en sus brazos junto con el sobre y entramos a casa.

Los siguientes días solo se concentró en el trabajo y en el alcohol. ¡Vaya que estaba deshecho!, si continúa así temo que algo le pudiera pasar. No sé por qué presentía que la respuesta estaba en aquel sobre, así que lo tomé con el hocico y me acerqué a él.

—Toma, sé valiente. ¡Abre el sobre o lo haré yo! Necesito saber qué hay dentro. ¿Qué tengo que ver?

Me miró como si pudiera entenderme, suspiró y abrió el sobre. Solo contenía dos trozos de papel, uno de ellos tenía una nota que decía: «Demian o Santiago, si es niño; y Sophia o Brisa, si es niña». Yo no entendía lo que significaba eso.

Después de leer, sus ojos se llenaron de lágrimas. Me abrazó.

—¿Sabes qué significa esto, Micha? Uno de estos nombres iba a ser el nombre de mi hijo, solo ella y yo lo sabíamos. ¿Será verdad lo que dijo Gina?

—¡Claro que es verdad! Yo lo pude sentir, no está mintiendo.

—Debo admitir que una parte de mí lo cree, pero no estoy seguro. Si tan solo pudiera hablar con ella para calmar este dolor.

Nuevamente pude sentir que la presencia de la mujer se acercaba. Ratón tomó el otro papel, era la foto de una mujer junto a él. No sé por qué se me hacía familiar aquella chica, sé que ya la había visto antes, pero no lo recordaba en dónde o en qué lugar.

—Mira, Micha, ella era Laura. Era hermosa, ¿no lo crees?

—Bueno, en mi humilde opinión no lo era tanto, depende de con quién la compares. Si lo haces conmigo, no lo es.

—Esta foto la tomamos en nuestra primera cita. ¿Sabes algo, Micha?, dijo que el día que quisiera alejarse de mí la devolvería. No sé qué está pasando.

Ratón volteó la foto, detrás de ella había algo escrito, decía lo siguiente: «Tú puedes hacerlo». Justo cuando terminaba de leer la frase, levanté la mirada, noté que aquella mujer que había asistido muchas veces estaba parada como de costumbre detrás de Ratón. Al mirarla asintió con la cabeza como tratando de afirmar lo que decía la foto, ese era el mensaje que tenía que recibir. El ente que nos había visitado era Laura, la misma chica de la foto.

—¿Tú puedes hacerlo? No entiendo, Micha, qué habrá querido decirme. Tal vez quiera que siga con mi vida, no entiendo ya nada, ni siquiera te entiendo a ti. Sabes, desde que llegué aquí me pregunto por qué hay instantes que te quedas viéndome fijamente.

Claro que no entendía, el mensaje era para mí. Ella iba casi a diario a visitarnos y no lo miraba a él, sin embargo, ella sabía que podía verla y sobre todo que los gatos podemos ayudar a las personas a visitar otras dimensiones. La mujer me estaba pidiendo ayuda para comunicarse con mi humano.

Para poder hacer que Jerry se comunique con Laura tenía que prepararme, requiere de mucha energía. Reinaldo me había enseñado cómo hacerlo, pero también me advirtió que mi vida se reduciría y si algo salía mal podríamos quedarnos perdidos para siempre. Tenía un poco de miedo, pero él ha sido muy bueno conmigo, así que valdría la pena.

Capítulo 5:
Un viaje para encontrar a Jerry

Después de dos días, las cosas empeoraron aún más. Él empezó a lastimar su cuerpo con diferentes objetos cortantes, así que decidí que esa noche entraría a la conciencia de Jerry para mostrarle el camino que lo llevaría hacia Laura. Tenía un poco de angustia, la última vez que lo hice no había salido del todo bien, casi muero en el intento.

Llegó a casa como de costumbre, esta vez traía una botella de tequila. Estaba listo para emborracharse, pero yo lo necesitaba lo más sobrio posible. Puso la botella en la mesa de la sala, me acerqué con sigilo y la tiré al piso. Pensé que se enojaría mucho, pero fue lo contrario ya que me tomó en sus brazos.

—Te entiendo, ya no quieres que tome, también yo quiero parar, sé que no está bien, pero la verdad es que no puedo hacerlo.

Era tarde para que saliera, así que se puso a limpiar. Me escondí debajo de un sillón para que no me dejara afuera.

—¡Micha Fernanda! ¡Micha Fernanda! ¡Vaya, creo que ya te saliste!

Ratón apagó la luz y puso la televisión en un programa, pero no le ponía atención. Por fin se quedó dormido, de un brinco subí a su pecho y me eché sobre él. Escuché su respiración y latidos, poco a poco igualé su ritmo cardíaco y su respiración, cerré los ojos...

Me encuentro fuera de su conciencia, algo similar a una torre rodeada con altos muros y una puerta de madera antigua. Sería imposible para un humano entrar a ella, pero afortunadamente tengo garras. Trepo por una barda, salto y llego al otro lado.

Hay un jardín lúgubre, flores marchitas y el césped descuidado. Camino entre la maleza y llego al centro, se siente una gran soledad. Puedo observar diferentes rostros tallados en las paredes de la torre, tengo un poco de miedo, quiero regresar, pero no debo hacerlo, él me necesita. Llego a la puerta principal, tengo suerte, tiene un cristal roto, doy un salto y entro en ella.

Me encuentro en la sala, está oscura. Hay muebles antiguos llenos de polvo con telarañas, una chimenea con cenizas, cuadros viejos con fotografías de personas con ojos desvanecidos, como si las lágrimas de estas hubieran derretido la pintura. Otra cosa que me llama la atención son cascarones de cuerpos rotos, vacíos como si fueran cáscaras de huevo.

Llevaba mucho tiempo buscando a Gerardo, no lo veía por ningún lado, tampoco veía alguna forma de subir al siguiente nivel. De pronto escuché como si alguien se acercara, sé que es algo malo, puedo intuirlo, tal vez sean esos demonios de los que Reinaldo me había hablado, si me atrapan será mi fin y el de mi humano. Busqué dónde esconderme, pero no veía ningún lugar seguro.

—Ven aquí, ven aquí —me dice una voz algo extraña que proviene de una habitación iluminada y corro hacia ella. Hay un sillón colorido, me escondo debajo de él, observo cómo se paran frente a la puerta, pero no se atreven a entrar. No sé si me han visto, tal vez no lo han hecho. Alzo la mirada, son personas desfiguradas, como almas perdidas que se alimentan del dolor. Voltean hacia donde me encuentro, sueltan una carcajada macabra que hacen que los pelos se me pongan de punta.

—Pronto morirá, su alma no tardará mucho en consumirse y la llama de su vida se extinguirá —comenta mientras sueltan de nuevo una risa escalofriante…

Capítulo 6:
Un dibujo para el pizarrón de recuerdos

Esperé hasta que se retiraron. Unos minutos después alguien bajó los pies del sillón.

—Ya puedes salir, se han ido.

La voz se me hace un poco familiar. Salgo despacio, me acaricia la cabeza, es un niño. Me sonríe, me toma en sus brazos, me acaricia los bigotes. La voz que escuché guiándome a la habitación era de un pequeño loro que tenía como compañero.

Observo a mi alrededor, la habitación está llena de colores vivos. ¡Es increíble el contraste!, parecieran dos mundos diferentes que son divididos por una puerta. Veo muchos juguetes, experimentos, golosinas, pinturas coloridas y otras cosas que caracterizan a un niño feliz.

—¡Gracias por venir! Se encuentra en la parte de arriba, no quiere escucharme, de hecho, últimamente casi nunca lo hace. Si lo hiciera sería un poco más feliz, pero está tan «cerrado» que no quiere salir, lo único que quiere es morir.

—¿Tú me conoces? Y, además, ¿puedes entender lo que digo?

—En la consciencia todo es posible y claro que te conozco, soy el niño que vive dentro de él. Fue mi inocencia, bondad, alegría y curiosidad lo que hizo que te adoptara. De niño me gustaban los gatos, pero nunca me dejaron tener uno, me decían que los gatos eran cosa del demonio, pero ahora que he vivido contigo estoy seguro de que no es así.

—¿Quiénes son ellos?

—Se hacen llamar «Los malditos» y son demonios que habitan dentro de los pasillos de la conciencia y atormentan a los adultos con cosas del pasado o futuro que los hacen sufrir, por rencores que guardan y tantos otros sentimientos que solo los lastiman. Nosotros los niños estamos curados de aquellos sentimientos; nosotros peleamos, nos enojamos, sentimos y minutos más tarde perdonamos y olvidamos. No conocemos el rencor, tampoco nos preocupa el pasado, soñamos con el futuro, pero jamás dejamos de jugar en el presente.

«¡Vaya que es un niño listo y muy alegre!», pensé.

—¿Cómo es posible que esta habitación esté tan iluminada y allá fuera sea frío y lúgubre?

—No, de hecho, toda la torre era iluminada y también alegre, quizás no tanto como este lugar, pero estaba bien. Podía andar sin problemas y «Los malditos» eran los que por lo general buscaban lugares lúgubres para esconderse. Pero después de sufrir tanto dolor, todo aquí se fue modificando, excepto las habitaciones de los que ya no pertenecemos al tiempo presente. Incluso «Los malditos evolucionaron», se volvieron más grandes y tenebrosos, pero a mí no me asustan. Lo que sí me da miedo es el coco, pero para eso tengo a mi loro.

—Por cierto, ¿cómo es que puedes estar aquí?

—Bueno, tardaría mucho en explicarte, así que resumiré todo. Busco la conciencia actual de Jerry para llevarlo a un plano astral diferente.

—¿Fuera de su cuerpo?

—Así es. Él tiene que hablar con alguien que ya no está en este mundo físico para que pueda superar su dolor.

—¡Woooh!, suena divertido.

—No, no lo es. Muy al contrario, cuando lo encuentre y su alma o conciencia, como quieras llamarla, salga de su cuerpo, él quedara indefenso y yo seré su único guardián mientras él viaja.

—¿Guardián? ¿Pero de qué debes protegerlo?

—De todos los espíritus o demonios que quieran adueñarse de su cuerpo.

—Mmmm, no entiendo mucho, pero está bien.

—¿Tú sabes dónde se encuentra?

—Sí, está un nivel antes de llegar a la punta de la torre, espero tengas suerte.

—¿Puedes ayudarme a llegar hasta él, ya que no encuentro la forma de subir al siguiente nivel?

—Puedo ayudarte a llegar hasta la entrada, pero no puedo pasar al segundo nivel. Si quieres te acompaño, después te las tendrás que arreglar solo. De hecho solo el «yo» del otro nivel podrá revelarte dónde se encuentra la entrada para que puedas seguir avanzando.

—¡Muchas gracias!

—Antes de irnos, ¿puedes posar para mí? Voy a dibujarte, pondré tu retrato en mi pizarrón de recuerdos.

—¿Pizarrón de recuerdos? —pregunté.

—Sí, todos los niños recordamos cosas buenas que nos pasan durante esa etapa, así que las guardamos en nuestros corazones como una linda postal. También recordamos algunos momentos tristes, ¿sabes? A veces son necesarios, pero la mayoría son buenos. Tú alguna vez fuiste gato niño. Cierra los ojos y dime, ¿recuerdas cosas malas de tu infancia?

Cerré los ojos y pude comprobar que, a pesar de haber tenido una niñez llena de carencias, realmente había sido feliz. No recordaba muchas cosas tristes o malas, solo las cosas divertidas y el amor que mi madre sentía por mí y mis hermanos.

—Bien, ¡he terminado! Ahora es tiempo de que nos vayamos, solo deja que prepare mis cosas —mencionó el niño.

Tomó un pequeño morral en forma de pingüino, metió un par de juguetes y golosinas, se puso unos lentes obscuros, se colgó un ánfora de agua. Se colocó un sombrero, tomó un cinturón con dos pistolas de juguete, se acomodó un lanzador en la mano izquierda, se colgó del lado derecho un arco y en la espalda unas flechas, al igual que una espada; en la otra mano se puso una garra de plástico. Luego sacó una brújula, se metió unas pantuflas de conejo y se pintó un par de líneas en los cachetes como si fuera un cabo; sacó al loro de su jaula y este se postró en su hombro. Nos dirigimos hacia la puerta que conducía a la escalera.

Era muy agradable ver aquel niño lleno de imaginación y sueños. Me preguntaba ¿cuándo fue que Jerry perdió toda esa alegría y asombro por la vida? Mientras subíamos por la escalera pude notar cómo algunos escalones estaban rotos. De pronto dejé de escuchar la voz del pequeño, el cual durante el camino no dejaba de usar sus juguetes e imaginar diferentes escenarios. En el trayecto, pisé la luna, viajé a una tierra desconocida, nos persiguió un *Triceratops* e inventamos una cura para el mal humor, entre otras cosas. Llegamos al segundo piso, miré hacia atrás para ver al Jerry niño, pero ya no estaba...

Capítulo 7:
Espejos

—Estoy aquí, frente a ti —escuché una voz.

—¿Cómo? ¿Eres tú, Jerry? Pero hace apenas unos minutos eras un niño, ¿cómo fue que creciste tan rápido?

—Te entiendo, la mayoría de los seres siempre andan distraídos en sus pensamientos y nunca se dan cuenta de lo rápido que pasa el tiempo. Cuando lo hacen ya es demasiado tarde.

Vaya, ¡tiene razón!, me distraje por unos momentos y no vi cuando el pequeño iba creciendo. Ahora era un joven, portaba un atuendo poco formal y de color gris. Miré alrededor.

Parecía un laberinto lleno de espejos con un tono plateado y un tanto desgastado. El techo estaba pintado con colores mezclados, como cuando se combina el negro con el rojo, amarillo, azul y el verde. Esa habitación era más oscura y confusa, los espejos reflejaban diferentes perfiles de quien se parará frente de ellos y repetían todos los pensamientos negativos que alguna vez alguien nos dijo o escuchamos.

Gerardo se paró al inicio del laberinto, estaba rodeado por espejos que, dependiendo a cuál viera, el reflejo lo hacía percibirse gordo, granoso, feo o deforme, todos mostraban un defecto aunque no existiera. Pude ver la tristeza en los ojos del chico, quien de repente cayó de rodillas al piso.

—¿Busco al Jerry actual? —pregunté—. ¿Puedes decirme dónde está?

—¡Ya te había dicho que se encuentra en el último piso!

—Sí y también dijiste que me llevarías.

—¡No puedo! ¿Acaso no ves que soy un desastre? Mira mi reflejo, soy un perdedor, soy un bueno para nada y nunca tendré futuro, lo mejor es que me quite la vida.

Alguien se acercaba. Me coloqué al lado de Jerry, eran nuevamente las personas desfiguradas o «Los malditos», como los llamaba el pequeño, quien me cubrió para que no me vieran.

—¡Sí, eso eres! Ve tu cuerpo deforme, no tienes futuro, no llegarás lejos, eres un inútil, bueno para nada, solo molestas a las personas, nadie te quiere de verdad. Todos esos comentarios que dicen de ti los espejos son reales. ¡Ja, ja, ja, ja! —le decían a Jerry.

Mientras se retiraban escuché cómo se iban burlando del chico.

—¡Pobre imbécil! Si supiera que tiene todo para ser perfecto, pero se limita a sentirse como una basura. ¡Ja, ja, ja, ja! Si tan solo se adentrara más al laberinto, se daría cuenta de lo que en realidad vale.

Ver así al chico me rompió el corazón, pero no podía perder más tiempo.

—¡No hagas caso a lo que dicen! Yo te quiero, pero debes de llevarme con tu «yo» de este tiempo. Mis energías son limitadas y si no puedo concluir esta misión, tal vez no haya otra oportunidad para él.

—Ya me viste, estoy lleno de granos. Creo que mis padres me odian, los chicos de la escuela no quieren juntarse conmigo, dicen que estoy deforme.

Me llené de ira.

—Si no quieres llevarme, entonces dime ¿por dónde puedo irme?

—Él está en el piso siguiente, pero no deberías ir, la puerta está custodiada por dos demonios que le llenan la cabeza de ideas de suicidio.

—¡Con mayor razón debo de ir!

—Pues entonces solo camina hasta el final del laberinto y ahí encontraras una puerta que te lleva al siguiente nivel.

—¿Tú has llegado hasta allá?

—No, me aterra saber qué hay más allá. Además, ¿cómo podría hacerlo?, ¿acaso no me has visto? Soy un imperfecto, un perdedor.

Se quedó tirado en el piso. No insistí en que me acompañara, no podía obligarlo.

—¡Eres un gato cochino! ¡Sucio animal! ¡Pulgoso! ¡Gato callejero! ¿De verdad crees que algo insignificante como tú puede ayudar al humano? ¡Mírate, inmundo animal! —mencionaban los espejos. Podía ver mi reflejo, era deforme, estaba sucia, me veía cansada y vieja.

Ellos de verdad tenían razón, era todo lo que mencionaba. Me dejé caer panza al piso y cerré los ojos.

—Lo mejor será que regrese o quedarme aquí hasta que muera —pensé.

De pronto sentí una bofetada que me despertó, vinieron a mi mente las palabras de Chris: «Mientras tengas esperanza todo puede suceder». ¿Habrá sido él? No lo sé, pero esas palabras hicieron que me levantara y seguí caminando. Los espejos no dejaban de insultarme y mi reflejo se tornaba más hostil. Ya no me importó, después de unos metros de avanzar pude notar cómo mis sentimientos de inferioridad, depresión y desaprobación de mí misma que repetían los espejos dejaron de hacerme sentir mal. También los espejos ya no eran obscuros, ahora tenían un color rojizo, no sé por qué razón esos sentimientos de inferioridad se empezaban a convertir en rabia. Me enojaba que todo aquello que decían era mentira, puesto que mi reflejo ahora era de una gata orgullosa, una verdadera diosa egipcia. Seguí caminando, ignorando lo que mencionaba y enfocándome solo a lo que veía reflejado.

Después de avanzar un poco más, los espejos se tornaron de un color azul, reflejaban a una gatita bella, orgullosa y rebelde. Ya no me desaprobaban, muy al contrario, me decían que fuera una buena gatita y regresara, que obedeciera las instrucciones y las reglas que había en las paredes pintadas. Miré alrededor, en efecto había muchos letreros con reglas que advertían de peligros que encontraría si seguía avanzando, pero el enojo se mezcló con una gran cantidad de rebeldía, así que no hice caso. Continué avanzando hasta que llegué al final del laberinto. De pronto, pude ver que no había salida, llegué al final de la maraña de espejos y no estaba la puerta que me llevaría al siguiente nivel, en su lugar se encontraba un espejo de color negro, el cual no reflejaba nada. Recordé lo que dijo Jerry niño, solo el Gerardo adolescente podría revelarme la puerta hacia el siguiente nivel. Regresé por el camino, pude notar como los espejos ya no reflejaban nada, tampoco hablaban, entendí que esa habitación era de emociones confusas, igual a las que siente un adolescente. Al enfrentarlas y superarlas, ya no tenían efecto en mí.

Llegué al inicio, él aún estaba de rodillas llorando y lamentándose.

—¡Levántate ahora!, tienes que acompañarme al final.

—Ya te dije por dónde debes seguir. ¡Déjame en paz!

—No, tienes que ir. Sé que tienes miedo, te sientes inseguro, pero todo eso pasará, solo debes acompañarme.

Gerardo adolescente no me hacía caso, no podía convencerlo de que me siguiera, sabía que, si continuaba así, jamás lo lograría. Me detuve a pensar cómo podía obligarlo a que me acompañara. De pronto recordé que la autocompasión desaparece con el enojo y que un joven aprecia su rostro y cabello más que nada, así que afilé las garras, me acerqué y solté un par de zarpazos en la cara y cabello, logrando arrancarle un gran mechón de pelos.

Al ver eso se molestó tanto que empezó a perseguirme por el laberinto. Cuando por fin me alcanzó, se encontraba frente a un espejo rojizo, pudo ver lo hermoso que era, sus ojos reflejaban un gran ego, empezó a fruncir la frente, como si se estuviera enojando mucho. Me tomó en sus brazos y continúo caminando hasta llegar a los espejos azules, vio los letreros y palabras que incitaban a la obediencia...

Como todo joven adolescente los ignoró y siguió hasta llegar al final. No había nada, no encontraba la salida, solo estaba el mismo espejo negro que había visto antes, así que se quedó parado frente a él y me puso en el piso. Pude ver cómo aumentaba su furia, miré otra vez al espejo y logré escucharlo decir nuevamente muchas cosas que descalificaban a Jerry. Él se puso más furioso y mientras soltaba un puñetazo al espejo gritó:

—¡No me interesa, yo soy así y me acepto!

Mientras caía el espejo a pedazos, una luz blanca me cegó, pero al abrir los ojos la escalera se encontraba allí.

Miré hacia atrás, Jerry ahora portaba un atuendo más formal y de colores más claros, se veía feliz.

—Gracias por todo, no puedo seguir pero tú sí. ¡Por favor, sálvame, quiero vivir!

Subí las escaleras lentamente. Justo afuera de la puerta había dos siluetas horribles que custodiaban la entrada. Me llené de miedo, pero al ir acercándome poco a poco pude notar que se trataba de pinturas y no eran reales. La puerta se abrió, era una habitación obscura con muebles antiguos llenos de polvo, telarañas y cuadros de bosquejos viejos, un pequeño tocadiscos reproducía canciones llenas de dolor. En el centro había una mecedora de madera, ¡ahí se encontraba Gerardo!, mi humano, el actual. Tenía la mirada perdida. Di un salto y me coloqué en sus piernas, me miró y acarició casi sin fuerzas.

—No deberías estar aquí.

—Tú tampoco deberías estar aquí —respondí.

—¿A qué has venido?

—Hay alguien que quiere hablar contigo, te llevaré con ella.

Capítulo 8:
Un viejo amigo

Encontré a Jerry, lo guie para que su alma y consciencia salieran de su cuerpo y viajara en busca de su amada. Durante ese tiempo, muchos espíritus y demonios quisieron apoderarse de su cuerpo, sentía cómo se acercaban a la casa, ansiosos de regresar a este mundo físico. Yo luché incansablemente para protegerlo.

De pronto, todos aquellos entes se empezaron a retirar, supe que algo andaba mal. Escuché unos pasos muy pesados, lo vi parado a unos metros de donde Jerry estaba inconsciente. Soltó un gruñido terrible, me llené de miedo al ver que no era ningún espíritu; tenía pezuñas de cabra y la cara como de caballo. Me puse de pie dispuesta a huir, incluso me hice pipí del miedo y cuando estaba a punto de escapar...

—¡Detente! Si lo abandonas, él se apoderará de su cuerpo y jamás podrá regresar —No podía creer lo que estaba viendo, la voz era de mi gran amigo Chris. Mientras el demonio se acercaba lentamente con una daga, Chis erizó su pelaje y dijo en un tono amenazante—: Demonio, si crees que eres lo suficientemente valiente para ir en contra de los dictámenes de los dioses gatunos y crees que puedes vencer a dos de ellos, ¡te reto a que des un paso más!

El demonio se detuvo como si estuviera pensando qué hacer. Luego dio un paso más e intentó tocar el cuerpo de Jerry con sus garras, pero antes de que eso sucediera Chris soltó un zarpazo rasguñando al demonio. Este intentó tomarlo con la otra garra, pero Chris lo mordió y volvió a arañarlo. Después, Chris sé posó a mi lado y empezó a maullar de una forma descomunal. Las heridas del demonio empezaron a emanar sangre similar a la lava, empezó a gruñir de dolor y poco a poco se fue retirando.

—Chris, ¿de verdad eres tú?

—Así es, te dije que nos volveríamos a ver. ¿Si sabes que esto que estás haciendo es peligroso?

—Lo sé, pero de verdad él lo necesita.

—Debe ser un gran humano para que te arriesgues así por él.

—Lo es.

Charlamos durante el tiempo que Jerry estuvo en el viaje. Él me hizo hacerle una promesa, pero antes de eso me advirtió que si daba mi palabra gatuna debería de cumplir a costa de mi vida, ya que de lo contrario rompería mi ciclo de reiniciación y terminaría siendo un fantasma carroñero. Me había ayudado a salvar a Jerry y, sin dudarlo, le di mi palabra.

Me hizo prometer que salvaría a una familia que necesitaría mi ayuda, cuando fuera tiempo sabría de quién se trataba. Después simplemente se despidió y se fue.

Capítulo 9: Revelación

Hace muchos días que me encontraba perdido, sentía cómo mi vida se iba consumiendo lentamente. La muerte de Laura y de mi futuro hijo se había llevado mis ganas de vivir, ¡la amaba tanto!

De pronto nos encontrábamos sentados en una habitación lúgubre, vieja, con muebles antiguos y llena de polvo. Había telarañas y voces que se escuchaban a lo lejos. Micha me indicó que siguiera la luz, ella no podía acompañarme, pero que yo sabría cómo seguir.

Me levanté de la silla, casi sin fuerzas, vi una pequeña luz que entraba por debajo de una puerta y caminé hacia ella. Mi respiración dejaba de ser agitada, ahora se tornaba más lenta, como cuando practica uno yoga. Llegué a la puerta, la abrí sin pensarlo, había un sendero obscuro el cual solo se iluminaba con la poca luz que reflejaba la luna, el camino guiaba hacia las faldas de una montaña. Continué avanzando, tenía frío. Miré a mi alrededor, había muchos árboles y maleza. Mientras caminaba podía ver restos de piel de víbora, objetos viejos tirados en el piso y fotos de personas que quizás habían sido olvidadas. No me detuve, continué.

Escuché pasos fuertes que venían detrás de mí a una gran velocidad y de pronto percibí una voz.

—No te detengas, ¡corre y no mires atrás! —me advirtió.

Hice caso y corrí sin detenerme. Los pasos se acercaban cada vez más y llegué agotado hasta las faldas de una montaña. Justo donde terminaba el camino, había una gran puerta vieja de madera, la abrí. Entré y cerré enseguida. ¡No podía ver nada!

De pronto, un pequeño punto de luz blanca empezó a parpadear, conforme se fue aclarando pude notar que se trataba de algo realmente escalofriante: ¡era yo! Estaba durmiendo y Micha estaba en mi pecho, sus ojos reflejaban gran profundidad, le brillaban como cuando enciendes una veladora. ¡Ya había visto esa mirada antes!, lo hacía cada vez que los perros del vecino aullaban. Pude notar cómo respiraba al mismo compás que yo.

Miré a mi alrededor y había muchas sombras que me rodeaban, como si quisieran apoderarse de mi cuerpo. Cada vez que uno de ellos intentaba acercarse, Micha gruñía amenazante, ella me estaba protegiendo. Di unos cuantos pasos para verme más de cerca pero no me percaté que no había piso y caí en un enorme vacío que parecía un pozo sin fin. Entraba muy poca luz de la luna, estaba frío, en las paredes alcancé a notar arañazos, así como cuerpos deformes que trepaban y trataban de sostenerse para no volver a caer, pero muchos caían igual que yo.

Después de un tiempo, por fin toqué fondo. Levanté la cabeza y pude reconocer el lugar, ¡me encontraba en el cementerio de mi pueblo!

—¿Acaso estaré muerto? —me preguntaba. Una gran angustia y desesperación me invadió. No volveré a ver a mis padres, tampoco a mis amigos, a mi gato... ¡Aún no estoy listo para irme, hay muchas cosas que debo de hacer!

Corrí hacia la puerta, al llegar vi una multitud de personas con ropa desgarrada, el pelo viejo, las uñas despostilladas y amarillentas, los ojos podridos. Al parecer quieren salir. Tengo miedo de que me vean, me dirijo hacia la otra salida, pero al parecer esa parte se está incendiando, ¡hay un fuego infernal! Un monstruo con patas de cabra y ojos rojos voltea, me alcanza a ver, observo su furia, estoy temblando de miedo, se acerca a mí...

—¿Por qué tú no estás gritando de dolor? —pregunta.

Me quedo petrificado, no digo ni una palabra. Se acerca con una daga, intenta clavarla en mi pecho, pero no tiene éxito.

—¡Vaya, significa que has dejado un recipiente y ahora podré entrar en el mundo físico!

No entendí lo que quería decir, se dio la vuelta y se marchó. Esto hizo que las llamas se apagaran y pude llegar a la otra puerta. Estaba cerrada con candado, así que me sujeto de los barandales, grito pidiendo auxilio, pero al parecer es de noche, no hay nadie cerca.

Unos crujidos llaman mi atención, volteo hacia las tumbas, ¡estoy petrificado! La mayoría de ellas han sido profanadas, fueron rasgadas desde el interior, los féretros se encuentran abiertos y no hay cuerpos ahí. Volteo hacia el otro lado y puedo observar cómo emerge un cadáver lleno de joyas que se para frente a la cruz, empieza a golpearla con las espinillas hasta que estas quedan destrozadas y queda tirado en el piso. Posteriormente, se quita el reloj y empieza a morderlo como si quisiera comérselo, hace lo mismo con las demás joyas, puedo ver cómo destroza sus dientes y boca. Se arrastra hasta la cruz y con las astillas de su dentadura empieza a raspar su epitafio: «Aquí yacen los restos de un gran hombre, respetado, trabajador que siempre ayudó con amor a sus semejantes».

Voltea y me observa, grita de forma escalofriante y desesperada:

—Yo no soy esto que dice aquí, yo me aproveché de los que menos tenían, humillándolos y obligándolos a hacer cosas que no querían por dinero.

Miro a mi alrededor, la mayoría hacía algo similar. Corro hacia la tumba donde se encuentra Laura, ¡no está!, se encuentra vacía, caigo de rodillas. De pronto una mujer pasa a mi lado, tiene el pelo largo, putrefacto y mojado, porta un vestido que escurre agua como si se hubiese bañado con él, tiene la piel congelada, se para frente a la tumba de Laura.

¡Dios mío, es ella! Me quedo inmóvil, no sé qué decir. Ella toma un trozo de madera puntiagudo, se lo clava en el abdomen repetidas veces, levanta la cabeza, ¡está derramando lágrimas de sangre! Inconscientemente trato de impedir que se siga haciendo daño, pero es inútil, ¡no puedo detenerla! Sigue apuñalándose con la madera hasta que saca de su vientre algo parecido a un trozo de carne; lo pone en el piso y comienza a apuñalarlo. Creo entender lo que sucede. Me acerco a ella y simplemente la abrazo.

—Te perdono —le susurro en el oído. Lanza un grito desgarrador y me introduce los dos pulgares en los ojos...

De pronto me encontraba en la casa de Laura, hace mucho frío, recién me estoy recuperando. Me siento emocionado. Me arreglo y me miro al espejo, ¡por Dios!, al parecer estoy en el cuerpo de Laura. Miro mi estómago de perfil, sonrió y me digo a mí misma:

—Pronto nacerás, Miguelito.

Suena el celular y es mi asesor de tesis, Miguel. No entiendo lo que pasa, salgo por la ventana y camino hasta la esquina. Me está esperando, subo a su auto y nos vamos al hotel más cercano. No paro de besarlo y decirle cuánto lo amo. Después de hacer el amor le confieso que estoy embarazada. Él me rechaza, me dice que será la última vez que nos veremos. Me lleno de tristeza, empieza a llover y el frío arrecia.

Él me baja en la esquina donde me recogió, llego empapada a casa, entro por la ventana, me quito la ropa y me doy una ducha. Mi pecho se empieza a cerrar. Como puedo llamo a mi madre, ella me lleva al hospital, pido que llame a Jerry, necesito contarle todo y pedirle perdón. Desafortunadamente no me alcanzó el tiempo y poco a poco la luz se fue apagando.

Volví abrir los ojos, me encontraba frente a la cruz de Laura, pude leer lo que ahí decía: «Aquí yace quien en vida amo y fue amada». Escuché una voz suave decir:

—Perdón por no valorarte, por favor sigue con tu vida, no merezco que me ames.

Me duele aceptarlo, pero en el fondo sé que lo sabía, solo que no lo quería creer, todos mis conocidos y amigos me lo decían. Su cambio de actitud lo confirmaba, pero no le guardaba rencor, fui yo quien no se quiso darse cuenta. La amo y no merece estar en esas condiciones por mi culpa. Abrazo a Laura, ella ahora sonríe, me besa la frente, sabe que la he perdonado. Siento cómo empezamos a elevarnos, su rostro ha cambiado, ahora luce como el día que la conocí: su mirada llena de luz y su hermosa sonrisa. Quiero estar junto a ella. De pronto siento como si algo impidiera que siga elevándome, algo que sale de mi ombligo no me deja seguir.

—Aquí es donde nos despedimos, por favor sigue con tu vida.

Ella aún sujeta mi mano y empieza a perderse entre las nubes. No puedo seguir, miro hacia abajo y puedo ver cómo unas sombras empiezan a golpear a Micha, ella suelta mi mano y empiezo a caer...

El reloj marcaba las 3:15 a.m., desperté exaltado, Micha estaba frente a mí, se veía débil. No sé si fue un sueño o fue real, pero por primera vez desde que Laura murió pude sentir algo de paz. La tomé entre mis brazos y dormimos juntos el resto de la noche.

—Gracias, Micha Fernanda.

Capítulo 10: Un viejo enemigo

Han pasado tres meses desde que Jerry se encontró con Laura. Por fortuna, ella ya no nos visita. Ahora lleva una vida normal, ya no toma, de vez en cuando fuma un poco, pero dice que eso lo relaja. Bueno, creo que todos tenemos algún vicio.

Hoy tiene una cita, al parecer es una chica de donde trabaja. Me ha dejado suficiente comida y agua por si no regresa temprano, se ve un poco pensativo últimamente, dice que su trabajo está por concluir, eso le preocupa. Por otra parte, yo he explorado ya todos los rincones del edificio.

Ya pasan de las 10 p.m. y Jerry no ha regresado. Mientras tanto me encontraba viendo por la terraza y de repente un auto se detuvo. Doña Marta con su esposo salieron a recibir a alguien. Al parecer se trata de una chica que no puede caminar, puesto que la trasladan en silla de ruedas. Ella baja abrazando un viejo oso de peluche, sus ojos reflejan una gran tristeza, me recuerda a Jerry el día que lo conocí.

Son las dos de la mañana, me encontraba en mi camita durmiendo, unos sollozos llenos de dolor me despertaron. Me levanté, caminé con cautela para investigar de dónde venía tal sonido, bajé las escaleras, pude comprobar que venían de los cuartos donde vive Marta. La ventana estaba abierta, ¡vaya!, la pequeña al parecer está muy triste.

Me acerqué, ella me miró y sin pensarlo me abrazó. Pase toda la noche con ella.

Recientemente, he subido un par de kilos, ya que todos los vecinos cada vez que me ven me ofrecen comida. Recuerdo que mi madre siempre nos decía a mis hermanos y a mí que la comida no se desperdicia, por tal motivo la como toda.

Era una tarde soleada, Jerry aún no regresaba de trabajar. Patico es la niña que conocí hace unos días, es nieta de doña Juana, al parecer tuvo consulta y tampoco estaba en casa. Decidí salir a dar la vuelta como siempre al edificio y al pasar todos los vecinos me saludan.

—Hola, Micha.

—Hola, gatito bonito.

—Buen día, gatito.

Mientras caminaba por la acera de enfrente, un carro se detuvo a unos cuantos metros de mí, no sé por qué se me hace conocido. Bueno, aquí pasan muchos autos. Crucé la carretera, el auto se acercó un poco más y me arrojo un trozo de pizza. Sin dudarlo corrí a comerla, ¡fue un grave error! Al estar más cerca del auto pude reconocer el olor, era el tipo que vuelve tacos a los gatos. Mi enemigo de meses atrás me había encontrado.

—Lo que son las cosas, yo buscándote por todos lados y mira dónde te vine a encontrar.

Traté de huir, pero fue más rápido que yo. Me intentó sujetar de la panza, me quería levantar, pero me defendí como gato panza arriba y logré huir.

—Corre, corre, corre Micha —me decía a mí misma.

Utilicé todas mis energías para pegar una carrera maratónica. ¡Vaya que el sujeto tenía condición!, en otros tiempos nunca me hubiera alcanzado, pero desafortunadamente al estar demasiado gorda me cansé muy rápido. Me sujetó de la cola, el tipo estaba medio ebrio.

—Ahora sí me vas a pagar todo lo que me hiciste, gato cochino.

Por más que solté zarpazos no alcanzaba a concretar ninguno. Me empezó a golpear, gritaba pidiendo ayuda, me di cuenta de que las personas no habían cambiado nada, así como existen buenas que ayudan como mi humano y Patico, hay otros que se divierten con el dolor ajeno.

Mucha gente estaba cerca y, en vez de ayudarme, solo me veían y pasaban de largo. Una de ellas empezó a grabar e incluso sonreía como si fuera algo chistoso.

«¿Cómo puede alguien divertirse de la desgracia de los demás? Mi vida estaba en juego y a él se le hacía gracioso», pensé.

Iba a morir, el tipo intentaba golpearme la cabeza para terminar conmigo, pero me defendía como podía; aun así, eso no impidió que me golpeara muchas veces en el cuerpo.

«Nunca debí haber salido del edificio, Jerry me lo decía una y otra vez», pensaba. Ahora era cuando entendía, él no me quería encerrar, quería protegerme. Cuando estaba decidida a rendirme, vi cómo mi humano bajaba de un auto muy plácidamente y grité

—¡MIAU, MIAAAAUUU! —por si no entiendes, te dejo la traducción—: ¡AUXILIO, AUXILIO, JERRY!

Al escucharme, corrió hasta donde estaba.

—¡Suelta ese gato, imbécil! —dijo Jerry. No sé a quién le dijo imbécil, si al tipo o a mí.

—¿Y a ti qué te importa? —contestó el tipo seguido de un golpe que acertó en el mentón de Jerry.

Fue tanto el enojo de mi humano que empezó a golpear al sujeto hasta que me soltó. En ese momento quería ayudarlo, pero estaba tan asustada que lo único que hice fue correr a pedir ayuda a mi amigo el dueño del bar. Cuando él me vio, salió rápidamente a ver qué estaba pasando. Al mirar que Jerry estaba golpeando al tipo, él entró a ayudarlo, aunque no lo necesitaba. Del carro donde llegó mi humano bajó otro sujeto el cual también participó en la pelea. Entre los tres le dieron una bien merecida paliza.

El sujeto escapó como pudo. Bueno, en realidad lo dejaron irse. Jerry ordenó a las personas que grababan que borraran el video, de lo contrario se atendrían a las consecuencias si llegaba a circular por las redes. No sé a qué se refería, pero al parecer las personas lo hicieron.

Después de eso Jerry me cargó en sus brazos, agradeció la ayuda del dueño del bar. Él y su amigo subieron a su departamento para curar mis heridas. Me dolía todo el cuerpo, pero más me dolía ver que a él lo habían lastimado por mi culpa.

—¿Ves, Micha? Por eso no debes salir —me decía con ojos de compasión.

—Conozco a ese sujeto, creo que también ya conocía a tu gato —comentó el amigo de Jerry, no sé por qué su voz se me hacía familiar.

—¿En verdad lo conoces, Pablo? —preguntó mi humano.

Pablo, Pablo... Fue entonces cuando recordé por qué se me hacía familiar. Por azares del destino, él me había salvado meses atrás. Era el chico que repartía salsas, que en aquella ocasión me dio el tiempo para escapar de aquel lugar.

—Sí, ese sujeto tiene un puesto de tacos afuera del tianguis. Ahora que lo pienso ese tipo creo que vende tacos de carne de gato y de perro.

—¿Cómo así que vende tacos de carne de animal doméstico?

—Nunca he comido ahí porque ya sospechaba, pero hace algunos meses llegué a repartir su salsa y escuché a tu gato pedir auxilio. Él dijo que se había atorado y estaba sacándolo, pero mientras estaba ahí, pude notar cómo tu gato escapaba por la ventana.

—Por favor, dime dónde vive, sujetos como él no pueden andar libres en la calle.

Jerry investigó al sujeto. Era un golpeador de mujeres y niños, se llamaba Frígido. ¡Ahora entiendo su enojo hacia la vida! Vendía tacos de carne de gato y perro. Afortunadamente no lo volvería hacer, fue puesto ante las autoridades y condenado a muchos años de prisión, tantos que estoy segura de que no viviré cuando él quede en libertad, si es que le alcanza la vida para cumplir su condena.

Capítulo 11: Traición

Me sentía muy contenta, la verdad esta vida es más de lo que esperaba. Ha pasado cerca de un año desde que conocí a Jerry en este mismo lugar, muchas cosas han cambiado. Ahora tengo una bonita casa, una gran y cariñosa familia que me consiente; también me he vuelto muy popular, puesto que siempre que llegan nuevos turistas al edificio se quieren tomar fotos conmigo. Estoy pensando en sugerirle a Jerry poner un negocio, podría cobrar por foto y autografiarles con la huella de la pata, de esta forma él podría trabajar un poco menos.

La verdad adoro a mi humano, ¡es lo mejor que me ha pasado!, aunque últimamente anda algo estresado. No entiendo lo que le pasa, tal vez sea porque estoy menos tiempo con él, ya que me la paso de visita con Patico.

Ha traído un tipo caja de plástico, creo que es mi nueva casita, la verdad está muy chica y no me gusta, se lo haré saber después.

No entiendo con quién tanto habla por teléfono, solo sé que le han dado instrucciones de que debe tomar solo media pastilla, creo que le duele la pancita. ¡Este Jerry!, le dije que le haría mal comer tanta fritanga y garnachas.

Hoy, desde muy temprano, vi que sacó unas cajas rectangulares de tela, ha echado varias cosas, entre ellas mis juguetes, creo que me comprará unos nuevos. Se ve un poco triste y preocupado, ya van cuatro días que no asiste al trabajo, pero lo he oído hablar con su jefe y le dice que todo está bien; también ha traído un carro, al parecer es de la compañía donde trabaja, ha subido las cosas.

Ya era tarde noche. Jerry se sentó en el lugar que nos conocimos, tiene una mirada diferente, me mira como si planeara algo. Ha comprado mi comida favorita, pizza de pepperoni «siuuuu». Todo transcurrió normal, nos fuimos a dormir temprano... Bueno, él se fue a dormir temprano.

Eran alrededor de las 7 y media de la mañana, hablaba con una tal Alicia, quedaron de verse a las siete de la noche. Al parecer saldrá todo el día, bueno, eso está bien, tengo muchas actividades que hacer y de este modo no me atrasaré con ellas.

Ha dejado todo limpio, me dará la última rebanada de pizza que sobró de ayer. La verdad no soy de las que comen comida de un día anterior, puesto que esos días quedaron en el pasado, pero es pizza y creo que puedo hacer una excepción.

La pizza sabía algo rara, así que decidí no comerla toda, tal vez por ser de ayer. Me empecé a sentir cansada, no entiendo qué me pasa, mis patas se doblan, mi vista se nubla. ¡Oh, Dios!, recuerdo que Reinaldo me contó que uno de sus primos lo habían asesinado de una forma similar, lo habían dormido, él presenció todo cuando era pequeño y los síntomas que describió eran iguales a los que sentía.

Miré lo que quedaba de pizza, tenía un polvo raro encima de ella.

—¡No puede ser! ¿También tú, Jerry?, ¿también tú me has traicionado?

Caminé lo más que pude para alejarme de él, pero caí inconsciente.

Mientras dormía, tuve un sueño muy extraño. Alguna vez mamá dijo que a través de ellos podíamos ver el futuro, pero que no todo lo que soñamos significa que vaya a pasar. Podía verme caminando por un barandal, en un descuido resbalaba y caí de lo alto de un edificio, no sé si era en el que vivo en la actualidad o era otro, solo sé que llegó un joven amable, me tomó en sus brazos y me llevó de prisa a un hospital de mascotas.

Yo presentía que iba a morir, sabía que de esa forma terminaría mi vida, pero estaba tranquila, me llevaba buenos recuerdos. Ahí me atendían, pero el médico decía que era demasiado tarde, de pronto pude ver una gran luz.

—Tranquila, has cumplido, es tiempo de reiniciarte —no sé de quién era la voz y de pronto todo se apagó.

No sé cuánto tiempo haya pasado, solo sé que nuevamente pude abrir los ojos

—¿Acaso no morí? —me preguntaba. Era una luz cegadora—. Esa voz, conozco esa voz —el brillo no me permitía ver quién era, pero sabía que la reconocía.

—Te llamarás Fernanda —me decía.

Cuando por fin la imagen se aclaró pude verlo, era Jerry, mi humano. Estaba en sus brazos, había una chica que también se me hacía conocida.

—Sacó el color verde de ojos de la bisabuela —le comentaba.

No sé qué paso, solo sentí un impacto que me hizo recobrar el conocimiento. Me encontraba en una caja de plástico reducida, transportadora la llamaba él, yo la llamé prisión. De los nervios me hice pipí y ni así me sacó.

«¡Cuánta humillación por su parte!», pensé.

—Tranquila, estamos por llegar.

—¿Llegar a dónde?

No se me informó a dónde íbamos, me encontraba aún muy débil. Traté de romper la reja de la caja, pero lo único que logré romper fueron dos de mis garras. Mi vista era borrosa.

—Tranquila, te sientes mal por el sedante, pero pronto estarás mejor —fue lo último que escuche antes de dormirme de nuevo.

Ahora la mujer me cargaba en sus brazos, Jerry estaba desconsolado, estaba muy triste de rodillas frente a una tumba. Tal vez algún familiar había muerto.

—Te amararé por siempre —mencionaba. Sé que se repondría de aquel dolor, puesto que estaba a su lado.

Parpadeé unos segundos y la escena había cambiado. Jerry dijo:

—¡Qué bonitos ojos, me recuerdan a los de Micha!

Mientras me llevaba en sus brazos, pude ver una bonita casa pintada de color azul. Tenía un gran jardín que olía a pasto mojado, también había una gran fuente y muchas aves a las cuales podía molestar. Entramos a la casa, camino hacia un espejo y entonces pude ver el reflejo. Jerry no me cargaba a mí, cargaba a una hermosa bebé. ¡Vaya!, mi humano se convirtió en papá.

El movimiento de la caja me despertó, me había llevado con Alicia, la cual era médico de mascotas, según él me dijo. Le ha pedido que me dé un... ¿QUEEEÉ? ¿UN BAÑO? Pero si yo me aseo diario. ¡Jamás te perdonaré, Jerry! También ha pedido que me quiten mis pulguitas y me vacunen contra todos los males posibles

—¡Ahora sí que estoy enfadada!

Hace una hora que mi humano se fue, Alicia me trata bien, incluso me ha dado un masaje. Después de todo el baño no estuvo nada mal, muy al contrario, la picazón que sentía en el cuerpo ha desaparecido y mi pelo brilla más que de costumbre.

Jerry llegó a buscarme.

—Bueno, te perdono, vamos a casa —me metió nuevamente en la prisión y manejó por un largo tiempo—. Pero esta no es nuestra casa, ¿a dónde me has traído?

Era de noche, iba en una jaula, así que no pude ver cómo era la casa por fuera, solo sé que olía a fresco pasto mojado.

—Esta es nuestra nueva casa, Micha —me comentaba.

Una chica salió, la reconocí en seguida, era Gina, viviría con nosotros, al parecer era novia de Jerry. Ella es una buena persona, lo merece.

Pasaron dos días, necesitaba volver urgentemente a mi hogar, en realidad lo extrañaba. Se lo quise dar a entender a Jerry, pero él ni siquiera me dejaba salir al pasto, decía que me podía perder, que me tenía que acostumbrar primero.

Al parecer vivíamos en pleno centro de la ciudad, por tal motivo el ajetreo era terrible. Los constantes silbidos de autos y el clima tan árido me quitaban el sueño y el hambre. El calor era insoportable, sentía que el aire caliente derretía mis pulmones, extrañaba mi pueblito.

Estaba un poco molesta, no me acostumbraba a la casa y a la ciudad, sin duda soy una gata de pueblo. Ambos eran buenos conmigo, pusieron todo de su parte para que me pudiera acostumbrar y en vez de cooperar decidí destruir sus muebles, rompí sus cosas, esperando que con eso entendieran que era mejor que nos fuéramos a casa. Un día estaba tan enojada que decidí masticar los cables, tontamente no me di cuenta y tomé uno de corriente eléctrica el cual me sacudió y me arrojó de una descarga. Fue cuando entendí que debía resignarme a mi nueva vida, pero yo no la quería, tenía cosas por hacer en mi antiguo hogar y debía regresar.

Llevaba cinco días sin probar bocado, Jerry y Gina estaban preocupados por mí, así que me llevaron otra vez con Alicia. Ella mencionó que no tenía ningún problema de salud, que tal vez el cambio me había hecho mucho daño.

Llegó la noche, Gina recibió una llamada, al parecer su madre tenía un gran problema, así que Jerry y ella se marcharon. Después de un par de horas él regresó, llevaba pizza de pepperoni. Esta vez no me emocionó mucho, abrió la puerta principal, pero ni siquiera tenía ganas ni fuerzas de salir.

Me cargó como siempre lo hacía, se sentó en la entrada, abrió su cerveza y dejó la pizza de lado, al parecer solo la había comprado por mí. Me sentí mal por él, pero en verdad no quería comer nada.

La mirada de Jerry denotaba una gran tristeza, algo similar cuando nos conocimos.

—Ya entendí, no quieres estar aquí, no quieres estar conmigo.

—Sí quiero estar contigo, pero no quiero estar aquí.

—Quieres volver a tu casita, lo entiendo y es justo. Tú me salvaste de aquel frío y lúgubre lugar y por eso quería que te quedaras conmigo. Sabes, la próxima semana viajaré por trabajo fuera del país, Gina se quedará, quería que estuvieras con ella, por eso es que te traje aquí. Sé que ella te hubiera cuidado, incluso mejor que yo. La próxima semana ya estaré lejos y no podré visitarte por un año, te voy a extrañar mucho. Ahora, por favor, come un poco, mañana estarás en casa.

Se levantó, pude escuchar que le hablaba a casa de Martita. Tomé un pedacito de pizza y lo comí con más desagrado que ganas, solo para que no se preocupara tanto.

Capítulo 12:
Te amaré por siempre

Al día siguiente, subió mi camita y mis cosas al auto. Yo iba de copiloto, sentía que el corazón se me partía en mil pedazos. Esta sensación la había tenido antes, el día que mi madre murió y también el día que me separaron de mis hermanos. Es un sentimiento tan cruel, duele mucho más que todos los golpes que he recibido juntos. Por primera vez alguien me valoró, no fui un gato cochino para él, ni un sucio animal; al contrario, me decía que era bonita, me daba masajes, me consentía y yo le estaba rompiendo nuevamente su corazón.

—Te voy a extrañar muchísimo, mi Micho Feroz, pero no quiero que mueras aquí por mi culpa, no soy nadie para alejarte de tu casita, de tu pueblo. ¿Sabes?, cuando mamá se separó de mi padre, él se fue a vivir lejos y ella no le guardó rencor por no querer estar a su lado. Ella dijo que todos meceremos estar en el lugar que nos dé paz y tranquilidad, aunque eso signifique dejar atrás todo lo que se ha logrado durante muchos años. Después de todo, ¡de eso se trata la vida!, de ser felices a nuestro modo. Y yo era realmente feliz a tu lado, pero no puedo forzarte.

Vi cómo rodaban lágrimas por sus mejillas, nunca nadie había llorado por mí.

—Sí, siempre seré tu Micho Feroz y me duele mucho separarme de ti, pero es tiempo que tomemos caminos diferentes.

Era de noche cuando llegamos, hizo un par de llamadas a doña Marta, al parecer había salido por unas medicinas, pero no tardarían en regresar. Jerry me bajó del carro y me puso en la entrada. Caminé con dificultad hasta el lugar donde había sido nuestro hogar, donde nos conocimos. Se sentó, abrió una lata de agua mineral, saco la pizza del día anterior y sin decirnos nada la comimos mientras me rascaba la pancita. ¡Vaya que las estrellas brillan más aquí!

—Micho, ¡cayó una estrella! Dicen que cuando ves eso puedes pedir un deseo y hay muchas probabilidades de que se cumpla —me decía mientras fingía una sonrisa.

«Si es verdad eso, mi deseo es que seas feliz, te lo mereces», pensé.

—¿Sabes cuál es mi deseo, Micho Feroz? Que seas realmente feliz, aunque no sea a mi lado —me decía y acariciaba mi espalda y mi cuello como todas esas noches en las cuales éramos felices.

Pasamos buenos momentos juntos y ahora era tiempo de separarnos. Lamía su mano como siempre lo hacía, él me cargó y lamí su barbilla.

Ambos corazones estaban unidos, él prometió que volvería a verme cuando regresara de viaje, eso sería dentro de un año, pero algo dentro de mí me dictaba que era el adiós.

Doña Marta y Patico llegaron, él le entrego todas mis cosas.

—Por favor, si llega a necesitar algo háganmelo saber —les comentaba.

Se despidieron, salió del edificio. Subí rápidamente a verlo desde el balcón como lo hacía cada vez que se iba y llegaba del trabajo.

—¡Micho Feroz, te amararé por siempre! —gritó con todas sus fuerzas, tanto que todos los vecinos salieron. Besó su puño, después lo llevó a su corazón y me hizo una reverencia.

No recuerdo cuándo fue la última vez que lloré tanto por un adiós, solo sé que levanté la garrita y di un gran maullido.

—Te amararé por siempre, mi humano, mi Ratón, mi Jerry.

Pude ver cómo se alejaba. Mi corazón ya no podía estar más roto, creo que el de él tampoco, seguí llorando hasta que se perdió en el horizonte.

Capítulo 13: Reiniciación

¿El fin o será el comienzo?

Han pasado seis meses desde que vi por última vez a Jerry, y la verdad es que lo extraño mucho. Todas las tardes me siento un par de minutos en el lugar donde solíamos estar. Aunque ahora vive alguien más ahí, aún conserva su olor. Por otra parte, hoy ayudaré a Patico a hablar con sus padres, la pobre aún se encuentra muy triste.

Patico perdió a sus dos padres en un accidente automovilístico y quedó lesionada, sin poder andar. Cuando la conocí, pude ver que ella se quería morir; de hecho, se dañó su cuerpo varias veces. Toda la familia estaba envuelta en una nube gris de melancolía y depresión. Si no fuera porque estoy aquí, sé que algo malo hubiera pasado. Esa fue la principal razón por la que tenía que regresar: para salvar a Doña Marta, a su esposo y a Patico de un terrible final. Aunque eso me costaría mi verdadera felicidad, ¿qué más da? ¡Así somos los gatos! Cuando prometemos algo, debemos cumplirlo; de lo contrario, mi ciclo se rompería.

Se lo había prometido a Chris. Le dije que los salvaría y a pesar de que los gatos somos orgullosos y vanidosos, siempre cumplimos y ayudamos a quien nos necesita. Eso es lo que nos hace ser diferentes a los demás animales: nuestra gran nobleza y gentileza, aunque muchos digan que somos huraños.

Ha pasado casi un año desde que vi por última vez a Jerry. Patico y su familia ya se encuentran mejor, ella ya puede caminar, la he visto sonreír. Creo que mi misión ha terminado aquí.

¡Cómo pasa volando el tiempo! Ayudar a los humanos a cruzar el umbral desgasta nuestros cuerpos. Me siento cansada, me duelen un poco las articulaciones, no entiendo por qué. Aún soy una gata joven; solo tengo nueve años.

¡Extraño los días con Jerry! Él se echaba en el sillón mientras me rascaba la panza. No es que ahora viva mal, al contrario. Gina me visita cada mes, le trae algo de dinero a doña Marta para que no me falte nada. También me contó que Jerry volverá el próximo mes. Le ha ido muy bien en el trabajo y piensa comprar una casa cerca de aquí para que podamos vivir todos juntos. Eso me llena de emoción. No anhelo otra cosa que no sea verlo y comer pizza mientras fuma y vemos el horizonte.

Los últimos meses pude notar que Gina ha engordado un poco. Yo le dije que debería hacer dieta, pero al parecer no me hizo caso.

Hoy estoy un poco intranquila. Faltan quince días para que por fin vuelva a ver a mi humano, pero ese no es el problema. Nos hemos enterado de que Gina fue trasladada a un hospital, puesto que va a «hacer la luz» o algo así. La verdad, no sé qué sea eso. Ojalá se recupere pronto. ¡Cómo me gustaría estar a su lado! Tal vez, con mis dones, podría ayudar a que mejore. Alguna vez escuché que si nos subimos a algún lugar alto y maullamos en nombre de alguna persona, esta sentirá el apoyo y se recuperará más pronto.

¡Se lo debo a Gina! Me dolían un poco las articulaciones, pero hice el esfuerzo y subí hasta el último piso. Me trajo varios recuerdos llegar hasta la terraza. Este lugar es el mismo donde miré a Jerry perderse en el horizonte.

Tontamente resbalé del barandal y caí. Recuerdo cómo vi mi vida pasar como una película en cámara lenta. Ha sido buena, pero lo que más me dolía era saber que no volvería a ver nunca más a Jerry. Al estrellarme en el piso, pude ver cómo un hombre amablemente me tomaba en sus brazos. Pude reconocerlo, era Pablo. Me llevó a un hospital, pero el médico dijo que no podía hacer nada, que era demasiado tarde. Sabía que iba a morir y estaba tranquila. Fue cuando recordé aquel día cuando cayó la estrella. Mi verdadero deseo había sido estar al lado de mi humano en esta o en la siguiente vida. Tal vez mi deseo nunca se cumpla. De pronto, escuché una voz. Era la voz de Chris:

—Es tiempo de reiniciarse, tu misión ha concluido.

Y así, todo se apagó…

Capítulo 14:
Un deseo que se hace realidad

En esta o en la próxima vida.

No sé cuánto tiempo haya pasado, solo sé que nuevamente pude abrir los ojos.

—¿Acaso no morí? —me preguntaba. Era una luz cegadora—. Esa voz, conozco esa voz —El brillo no me permitía ver quién era, pero sabía que la reconocía.

—Te llamarás Fernanda —me decía.

«Pero si Fernanda es mi segundo nombre», pensaba.

Cuando la luz cegadora me permitió ver, pude reconocerlo. Era mi humano, Jerry. Conducía un auto, al parecer iba muy triste. No entendía por qué. Una mujer me llevaba en sus brazos. Parpadeé por unos instantes y ahora Jerry estaba llorando de rodillas frente a una tumba. Tal vez algún familiar había muerto

—Te amaré por siempre —mencionaba.

Me dormí por unos instantes y al despertar, Jerry me sostenía en sus brazos mientras me decía:

—¡Qué bonitos ojos!, me recuerdan a los de Micha

«Pero si yo soy Micha», pensaba, mientras me llevaba en sus brazos.

Caminamos hacia donde parecía que iba a ser nuestro nuevo hogar. Pude ver una bonita casa pintada de color azul. Tenía un gran jardín que olía a pasto mojado, también había una gran fuente y muchas aves a las cuales podía molestar. Entramos a la casa, caminó hacia un espejo y entonces pude ver el reflejo...

En esos instantes comprendí que aquel deseo que pedí con todo mi ser a aquella estrella se había hecho realidad. Mamá me lo dijo, tenemos el don de ver el futuro y las palabras de Chris resonaron en mi mente: «Nuestra percepción va más allá de cualquier especie y cuando nos reiniciamos conservamos parte de nuestros recuerdos hasta recordar algo realmente maravilloso y es ahí donde se borra todo nuestro entendimiento de nuestra vida pasada».

El reflejo era el de Jerry cargando a una hermosa bebé y esa bebé era yo. ¡Vaya!, mi humano se convirtió en mi papá y seguiría siendo mi leal súbdito para atender todas mis necesidades. Mi deseo se cumplió, estaría conmigo en esta nueva vida.

¿Es el fin o será el comienzo?

Otras obras del autor

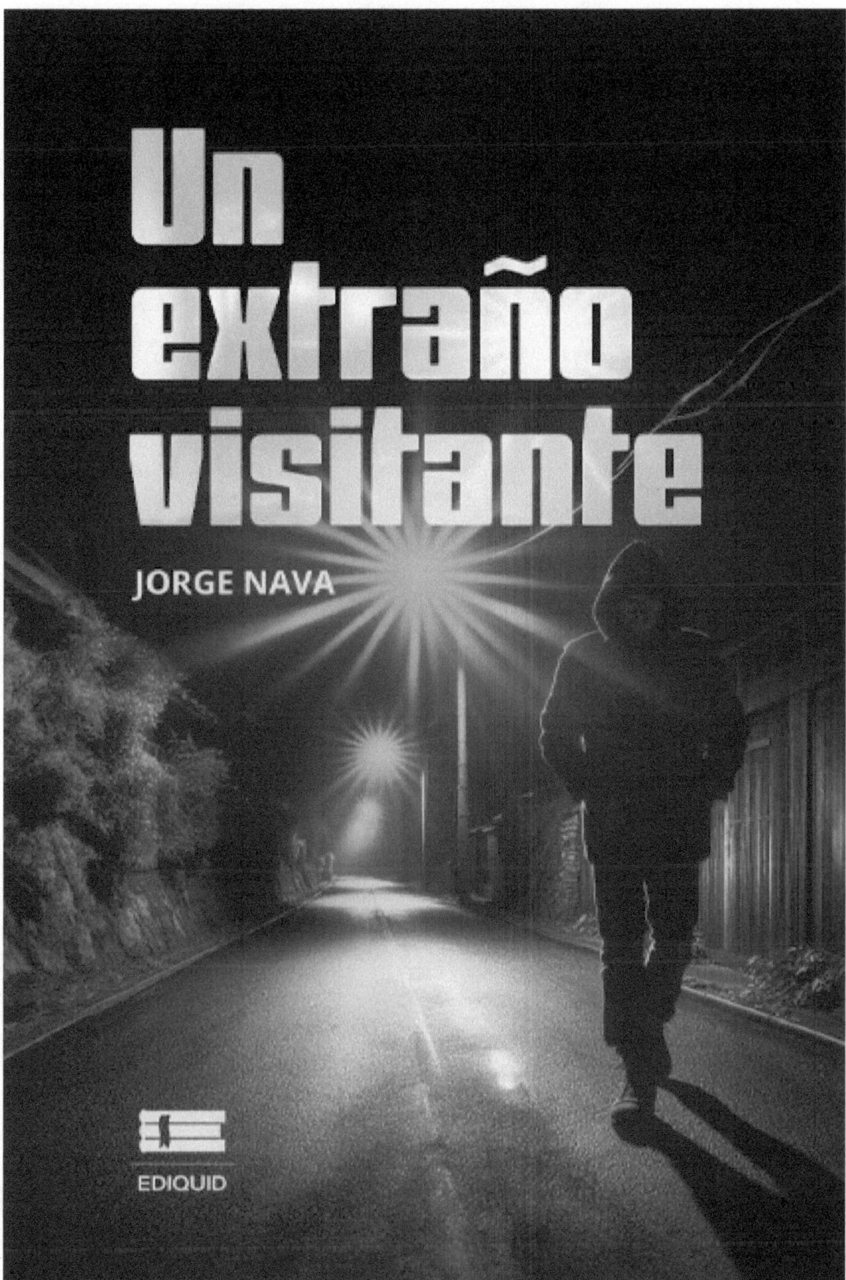

www.ingramcontent.com/pod-product-compliance
Lightning Source LLC
LaVergne TN
LVHW091222150826
845673LV00003B/970

9786125160447